選択

岩谷翔吾（THE RAMPAGE）

原案　横浜流星

幻冬舎

選択

人生は選択の連続である。

――ウィリアム・シェイクスピア※

装幀　bookwall
装画　YKBX

亮《りょう》は走っていた。父を殺すために。

もう、うんざりだ。殺す。絶対殺してやる。

なんであんなヤツがのうのうと生きていて、真っ当に生きている人間が苦しみ続けなければいけない。なんで全てを背負わなければいけない。なんで子どもは親を選べない。

世の中の不平等さを憎んだ。我慢の限界だった。冷たい光を帯びた刃物のような殺気立った心。胸の中に漂う、黒いもやに包まれた感情。やり場のない苛立《いらだ》ち。あらゆる負の感情が頭の奥でジリジリと煮えたぎるように湧いてくる。平衡感覚を無くした神経は鋭く尖《とが》った錐《きり》となり、いつしか自らの胸を何度も何度も突き刺すように責め立てる。

それらが心を侵食し、次第に自分自身を飲み込むほどに暗く大きな心の穴を形作っていった。

何故《なぜ》俺だけ、ポッカリと心に穴が空いているのか理解できなかった。幸せそうに笑うヤツを捕まえ、問い詰めたかった。何故俺だけ。畜生《ちくしょう》。畜生め。

夕方、家に帰ると家の中はぐちゃぐちゃに荒らされていた。荒れ果てた室内で母が泣き崩れていた。

「母さん、大丈夫？」

母は小刻みに震えていた。その身体《からだ》は硬直し、身動きが取れていない。

拳を強く握りしめる。その固く結んだ手を母が優しくさする。

「いいの。私が悪いの」

そう言う母の目は怯《おび》えて焦点が定まらず、苦しげに荒い息遣いを繰り返している。はぁ、はぁ。狭い室内に、母から漏れる呼吸の音だけが谺《こだま》する。

「亮、ごめんね。大丈夫だから」

母は唇を強く嚙《か》み締めながらしきりにごめんね、と繰り返した。

涙を拭《ぬぐ》い、「ご飯作らないと……」と細々とした声で呟《つぶや》き、フラフラと立ち上がった。食器が散乱する台所へと向かう母の小さな背中を見つめていた。心配させまいと気丈に振る舞っているのが伝わる。だからこそ余計に辛《つら》い。辛かった、怖かったと強くしがみついてくれた方がまだ救われる。でも、母が心の欠片《かけら》を一度でも吐き出したら、嘆きが止まらなくなることを本能で分かっていた。

母さんは何も悪くない、心の中で優しく話しかけながら背中をさすった。その手の動きに安心したのか、固く緊張していた母の身体が次第にほぐれていった。

「ゆっくり休んでて」

焼け付くような焦燥《しょうそう》。やり場のない苛立ちに頭の芯がチリチリと音を立てている。怒り、憎しみ、陰鬱《いんうつ》な感情が濁流となり波飛沫《なみしぶき》をあげ心を覆い尽くしていく。

左手の甲に浮かび上がる古傷が疼《うず》く。そっとそれを撫《な》でた。

終わりのない負のループから母さんを救ってやりたい。アイツさえ。アイツさえいなければ。母さんは解放される。

もう限界だ。父を切り捨てなければ生きていけない。

殺す。殺す。

床に散乱している食器や包丁。その中から一番大きな包丁を手に取り、母に気づかれぬよう、買い物用のエコバッグの中に仕舞い込んだ。

「晩ご飯の買い出し行ってくる」

優しく微笑《ほほえ》み家を後にした。

父は借金の取り立てから身を隠すために、車検切れのアルファードに寝泊まりしている。いつもどこかしらのパチンコ屋の駐車場を転々としているので、おおよそ場所の見当は付く。

大通りに出ると赤信号に捕まった。

この街で一番大きな片側三車線の道路の脇に桜並木が広がっている。既に見頃を過ぎたところに、三日前の大雨で花びらは無惨に散り果てていた。つい最近まで誇らしげに咲いていたことさえすっかり忘れ去られたかのように、花の落ちた樹《き》は誰にも見向きもされない。明るい春の光の中、人々を喜ばせていた桜の花びらも、今では水溜《みずたま》りに浮かび、泥まみれになっている。

そして、人々はそれをなんの躊躇《ちゅうちょ》もなく踏みつけ、足早に歩いていく。地面に落ちた茶色く汚れた花びらには誰も関心を寄せない。

赤信号がなかなか変わらないことに苛立つ。工業地帯ということもあり、大型トラックやトレーラーが猛スピードで行き交っている。車優先で、歩行者用の信号の切り替わりがいつも遅い。信号を待つのが億劫《おっくう》になり、傍《そば》にある歩道橋の階段を一段飛ばしで駆け上がった。

まだらに塗装が剝《は》がれ、雑多なタギングに埋め尽くされた歩道橋。

橋上に辿《たど》り着くと、歩道橋の中程に佇《たたず》む、黒い服を着た少年が視界に入った。

柵に手をかけポツンと一人、立ち尽くしている。遠目にははっきりと表情が見えない。年の頃は自分と同じ中学三年生くらいだろうか。近づくにつれて、身体が小刻みに震えているのが見て取れた。

歩道橋下の大通りでは車のエンジン音が止《や》むことなく、騒音と排気ガスの臭いが充満していた。

少年は固まったような表情で、途切れることのない車の往来を見下ろしていたが、亮の存在に気づいたのかチラリと振り向きお互いの目が合う。そこには暗い光が宿っていた。世の中の全てを諦めた輝きのない瞳。

殺意に溢《あふ》れる亮の瞳と、絶望の淵《ふち》にいる少年の瞳。

目が合ったのはほんの一瞬に過ぎない。でも同じ人種からのSOSを感じた。それは亮にしか受信できないラジオのチャンネルのように鮮明に心に訴えかけてくる。

助けて、と。脳内に直接語りかけてくる。

少年の背後を通り過ぎながら胸がざわついた。記憶の回路を巡らせる。

「……匡平《きようへい》?」

振り返ると少年は柵をよじ登りだしていた。

咄嗟《とつさ》に少年のもとへ駆け寄る。気づくと身体が勝手に動いていた。服を摑《つか》み、彼の身体を力の限り柵から引き摺《ず》り下ろした。少年は崩れ落ち、その場に座り込んだ。間違いない。

その顔を見ると、やはり一時期施設で一緒に過ごした匡平だった。

しかし匡平は震える身体でその手を振り払い、もう一度歩道橋の柵に手をかけた。

亮は力任せに服を摑み、全身の力を込めて再び柵から安全な場所へと引き戻した。匡平は強く抵抗し、手足を激しく振り回し逃れようとする。二人の取っ組み合いはより激しさを増していく。埒《らち》があかず、匡平の鼻っ柱を思いっきり殴った。胸元に生温かさを感じて目を下ろすと、鼻から飛び散った血で、着ていた制服のシャツがところどころ赤黒く変色していた。ポタポタと滴《したた》り落ちる血に怖《お》じ気《け》付いたのか、抵抗する力が弱まる。そして、観念するようにその場に膝から崩れ落ちた。

「お前なにやってんだよ」

亮はその隣に座り込んだ。エコバッグを足元に放り投げると、中から包丁が顔を出した。急いで包丁をバッグに入れる。

「亮……」

匡平の涙はとめどなく溢れ、頰《ほお》を伝って地面に滴り落ちた。

両手で顔を覆いながら「ごめん……ごめん」と呟く。その声は世界中の孤独を一身に背負ったかのように、悲しく響き渡った。

そんな匡平の背中を優しく撫でた。

「死んだら終わりだぞ。何があったか俺には分かんねえけどよ。生きてりゃなんか良《い》いことあるかもしんねえ。やり直せるかもしんねえだろ」

そう言って煙草《タバコ》を口に咥《くわ》えた。ライターがカチッと音を立てて着火し、煙がふわりと立ち上った。

涙ぐむ匡平は顔を上げ、立ち上る煙を見た。

「お前も吸うか？」

匡平はこくりと頷《うなず》き、一本煙草を受け取った。火をつけると思わず咳《せ》き込み、慌てて煙草を路面に押し付けた。

視線を下げた匡平が包丁が仕舞われたエコバッグを指さした。

「……それで誰か殺すの？」

その瞬間、車の走行音が消え、あたりに静寂が蔓延《はびこ》る。

「どんな理由でも、殺したらダメだよ」

その声が鮮明に鼓膜に届く。生きることを諦めた瞳と、自分の殺意に満ちた瞳を重ね合わせた。

生きる痛みを知る同じ種族。

普通ではない人種が二人揃《そろ》えば、それは自分たちだけの普通となり、繋《つな》がりとなり、正義となる。一人じゃない。背負う傷は違うが、どこか似ている気がしてならない。彼の言葉は心に訴えかけるものがあった。

その時、どこからきたのか桜の花びらがヒラヒラと舞い落ちてきた。

亮は薄ピンク色の花びらを受け止め、そっと握りしめた。


空を見上げると、日没直後の空に、たった一つ力強く輝く星を見つけた。一番星だ。

その横には半透明の月が兄弟のように寄り添っている。

遠くでカラスがカァカァと鳴いた。

春風が頬を優しく撫でながら通り過ぎていく。

それが二人が再会した夕暮れだった。

一

暑い夏。

どこかヒステリックな鳴き声を響かせるアブラゼミは、暑さを引き立てる天才演出家だ。

コンクリートを砕き、ガラと呼ばれる廃材を運び出す。巨大な鉄の塊《かたまり》のようなハツリ機を腕力だけで支え、コンクリを砕く。そして、ズンと重量感のあるガラを産廃トラックへと運ぶ。ガラの重みが骨へとめり込むようにのしかかり、だんだんと手が痺《しび》れていく。

ハツればハツるだけ、ガラが出てくる。

道路に出れば通行人からはなにか汚いものでも見るような視線。そんな中、ひたすら歯を食いしばりガラを運び出す。

誰にも感謝されず、機械のように。ただ黙々と作業を続ける。

亮は肉体労働で得る僅《わず》かな日当を頼りに生計を立てていた。

雲一つない真夏の焼けた空気。突き刺さる強い日差し。

背中に弁天様を彫り込んだ現場監督が、しゃがれた声を投げかける。

「ええなー兄ちゃん。筋トレしながら金貰《もら》えるんやから」

チッ。黙れ。怒りを舌打ちに込めるしかなかった。

大粒の汗がポタポタと灼《や》けたアスファルトに滴り落ちては消えていく。

「兄ちゃん今、二十五歳やったよな。ほな、あと、二十五個運んだら休憩な」

延々とガラを運ぶ。

やっとの思いで休憩時間に辿り着くと、ヘルメットを脱ぎ捨て、縁石に腰掛ける。コンビニの五百円の唐揚げ弁当をかきこむ。油でびちゃびちゃに濡《ぬ》れた唐揚げが疲れた身体に染み渡る。

ペットボトルの中で夏の白い光がゆらゆらと揺れている。

「うっす」

地元の後輩の佐原《さはら》がそっと隣に座ってきた。

小柄で貧弱な体つきの佐原のインナーは、へそ下まで汗が染み込み、濃い灰色に変色していた。佐原は泥のついた手で小さな弁当箱を開けた。中には白米と、その脇にミートボールが二つ遠慮がちに入っていた。小さく手を合わせた後、ミートボールを大事そうに二口に分けて食べ、白米をかきこむ。

「マジでウザいっす」

弁当箱に顔を近づけるたびに、額から滴る汗が白米の上に落ちる。

「どうした？」

凝《こ》り固まった腰をさすりながら言った。

「俺らって奴隷っすか？　マジでありえないっす」

歩道を早足で歩くサラリーマンたちを遠い目で見ている。

「おい。そこのバイトくんたち、資材に寄っかかんな」

現場監督が手で虫を払うように怒号を飛ばす。佐原は眉間《みけん》に皺《しわ》を寄せながら、腰をあげた。

「金稼ぐって、キツいっすね」

こめかみに血管が浮き出ている。その顔は鈍い土色をしていた。

「お前がキツい時は俺がやってやるから。遠慮せずに言ってこい」

佐原は下を向き、小さく嗚咽《おえつ》を漏らしながら目を擦《こす》った。

亮はしばらく佐原の様子を黙って眺めていた。気の利いた慰めの言葉が見つからない。そんな自分が情けなく無性に腹が立った。

重苦しい空気を振り払おうと、いたずらっぽく佐原の髪をぐしゃぐしゃと掻《か》き回した。そして鼻唄を口ずさみながら現場事務所の脇にある自販機へと歩いていく。

「ほら。冷たくて、うめえぞ」

冷えたコーヒーの缶を、項垂《うなだ》れる佐原の頬に軽く押し当てた。

*

川崎《かわさき》にある公営住宅で、亮と佐原は育った。

総戸数四百四十戸の古びた共同住宅が十五棟もあるマンモス団地だ。その住人の多くは低所得者や生活保護受給者であり、外国からの永住者も多く居住している。住居のベランダには、外国からの衛星放送を受信するための異常に大きいパラボラアンテナが、無機質なオブジェのように林立《りんりつ》している。団地に住むほとんどの家庭は、貧しく窮々《きゅうきゅう》とした生活に喘《あえ》いでいた。

亮は仕事を終え、そんな古い団地の一室に帰ってきた。

家に着くと、母は奥の部屋で鏡に向かって化粧をしていた。

「ただいま」

挨拶もそこそこに、狭いリビングに置かれた年季の入ったソファーに横たわる。日中はソファー、夜はベッドとなる。錆《さ》びて赤茶色に変色した針金がところどころ飛び出ていて寝心地が悪い。ソファーの前のこたつには、吸い殻が山のように盛り上がった灰皿。ウイスキーの空き瓶。このこたつが母の寝床だ。

作業着の胸ポケットに入れていた煙草を取り出し、横になりながら火を付ける。インスタを開く。高級鮨《ずし》の写真をアップしていた若いインフルエンサー女子の写真を見て、お腹《なか》がかすかに、くぅっと情けない音を立てた。

「ねえ、その汚い作業着脱いでからにしてよ」

奥の部屋から母の声が聞こえる。マスカラを塗っているのか、少し上擦った声だった。

もうここ数年、父はどこかの地方に雲隠れしたのか、全く姿を現すことはなくなり、母の精神状態は安定し少し元気になってきた。

化粧を終えると色褪《あ》せた赤いショルダーバッグを抱え、玄関へ向かった。

チリンチリンと星の形をした鈴のストラップが軽やかに鳴る。

「まだそのストラップつけてんのかよ」

「あんたの手作りだもん」

亮は小学四年生の頃に児童養護施設に入った。その時に夏の自由研究で作った不恰好《ぶかっこう》な鈴のストラップ。なんの気なしに渡したストラップを母は毎日宝物のように肌身離さず持ち歩いている。

「よいしょっ」

そう言いながら靴を履く後ろ姿は、痩せてとても小さかった。

「こんな遅い時間からどこ行くんだよ」

母は玄関ドアを開けた。廊下の蛍光灯が差し込んだ瞬間、まばらに交じる白髪が光る。

「ちょっと用事があるの」

「気をつけてな」

「うん」

鈴の音がだんだん遠ざかっていく。

いつの間にあんなに白髪が増えていたんだろう。母さん、無理してんだな。心がぎゅっと縮むように締め付けられた。

作業着を洗濯機に放り込み、シャワーを浴びる。

左手の甲にある三センチほどのミミズ腫《ば》れの古傷が目に入り、ジクジクとした不快感に胸が疼いた。


父に首を絞められ、意識が飛ぶ瞬間の記憶。

父はギャンブル依存で、持ち金を全て注《つ》ぎ込む生活を繰り返していた。

亮が小学校に上がる頃には家庭の生活費が回らず、複数の消費者金融に借金をしていた。終《しま》いにはお決まりの闇金にまで手を出した。一日中、取り立ての着信音が途切れることなく鳴り続けた。この頃から父は取り立てから逃げるため、所持していた型落ちのアルファードで寝泊まりをするようになった。父の車は小学校の通学路にあるパチンコ店によく駐車されていて、同級生に見られ恥ずかしい思いを幾度となく味わってきた。

日を追う毎《ごと》に取り立ての激しさは増していった。やがて家にも押しかけてきた。ドンドンドン、玄関ドアを乱暴に叩《たた》く音が聞こえ、母は真夏でも毛布に包《くる》まり小さく身体を丸めていた。ドアが開いた途端、数人の男が土足で踏み入り、母は泣き喚《わめ》きながら土下座をする。母を守るため臆《おく》せず立ち向かっていっても大人の力に到底敵《かな》うわけもなく軽くあしらわれる。

母の精神が不安定になってきたのもこのあたりからだ。

小さなリビングのこたつの上には、ウイスキーの空き瓶の横に睡眠薬が散乱するようになった。日頃のすり減った精神を保つために、酒で睡眠薬を流し込み、半《なか》ば気絶状態でなければ眠れない夜が続いていた。その顔色は次第に黄土色に変わり、生気がなくなっていった。財布もスマホも持たず、あてもなく家を飛び出し、そのまま歩き疲れ、路上に座り込んでいるところを警察に保護されることも幾度となくあった。川崎の家から用賀《ようが》の方まで歩き続け、保護されたこともある。

　小学四年生の頃、三年ぶりに父が家に押しかけてきた。

「煙草代の四百四十円だけでいいから、貸してくれないか」

　母を守るため、強い意志で顔を横に振った。

　その目つきが気に入らないと、父は思いっきり頬を引っ叩《ぱた》いた。

　母が止めに入るも、簡単に吹き飛ばされてしまう。母はその拍子にシンクの角で背中を強く打った。その衝撃で食器が落ち、皿が割れた音がした。ゲホゲホとむせている。

「やめろー」

　母に酷《ひど》い仕打ちをする父が許せなかった。小さな身体で力を振り絞り、父を叩き反撃する。

　父は反抗する亮の髪を摑み、床に容赦無く頭を叩きつけた。その手からパラパラと髪の毛が落ちた。脳震盪《のうしんとう》を起こし視界が揺れ、このあたりから記憶が薄くなっていく。

「亮。お父さんと一緒に死のう」

　遠のく記憶の中で最後に覚えているのは、父が切実に訴えてきたこの言葉だった。

　その目は充血し涙で濡れていたように見えた。そのまま床に倒れている亮の上に馬乗りになり、首を絞める。

ジタバタと抵抗するも、力が入らなくなっていく。父は台所へ向かい包丁を手に取り、再度馬乗りになると刃先を向ける。

最後の力を振り絞り叫んだ。その声が父の脳内の毛細血管をプツプツと破壊していってい るのか、こめかみを強く押さえ、眉間に皺を寄せている。息遣いが乱れる。そして、父は包丁を振りかざした。

咄嗟に心臓を庇《かば》おうと左手を胸の前に出した。

手の甲に生温かい感覚が走る。視線を向けると、父の持つ包丁は亮の手の甲に突き刺さっていた。とめどなく流れ出る血を視覚で確認した直後、激しい痛みが襲ってきた。包丁は中指の中手骨に喰《く》い込んで止まっている。鋭利な刃先と骨のギシギシせめぎ合う音が、骨を伝って聞こえたような気がした。

意識が遠のく中、母の泣き叫ぶ声だけが脳天に響き渡っていた。


忌々《いまいま》しい記憶を断ち切るように、何度も手を擦り合わせ、手の甲の傷が見えなくなるまで石鹸《せっけん》を泡立てた。

「クソ」と大声で叫んだ。

その声は誰に届くわけでもなく、水圧の弱いシャワーとともに排水口に消えていった。

＊

昼は項垂れるような暑さでも、夜になると幾分、過ごしやすい日が増えてきた。現場仕事終わりに、佐原といつもの大衆居酒屋で安酒を飲んでいた。エタノールみたいなハイボールを呷《あお》る。

「亮くん、ちょっと相談があるんですけど」

普段と違う雰囲気に違和感を覚え、ジョッキを握ったまま顔を向けた。

「絶対返すんで、金貸してくれません？」

大きくため息をつく。昔から後先考えず、その日暮らしの生き方をしてきた佐原を今更、咎《とが》める気にもならなかった。

「ちょっと色々あって。どうしても金が必要なんっす。マジでヤバくて」

気まずさを埋めるためなのか早口で捲《まく》し立てる。言い訳を並べる人の言葉数は凄《すご》いと思った。

「なにがあった？」

「俺、ヤバいとこに足踏み入れちゃったかもしれないっす」

深くため息をつき、両手で顔を覆いながら下を向いた。

「は？」

「この前、急に知らない番号から電話きて、出たら神龍会《しんりゅうかい》のヤツだったんっすよ」

「神龍会？」

思わず声を出してしまい、「静かに」と小声で咎められた。

「それで、元カノのハメ撮りを広めてるんじゃないかって言われて。でも、俺マジでそんなことしてないんっすよ」

佐原は胸の内に溜《た》まっていた思いを一気に吐き出した。

「おう。それで？」

内心焦っていたが平静を装い相槌《あいづち》を打つ。

「別れた時に勢いで連絡先消しちゃって、何があったか彼女に聞きたくても連絡取れなくて。で、アイツら三百万を請求してきたんっす」

「は？」

「俺も意味分かんなくてパニクってるんっす。でも払わないとマジでヤバいんっすよ。この前、母ちゃんのパート先のスーパーまで押しかけてきたんっすよ」

佐原の顔面からどんどん血の気が引き青ざめていく。蒼白《そうはく》な表情を見てその深刻さが窺《うかが》える。

腕を組み、頭をフル回転させ考える。親の勤め先まで特定されているのか。どうしたらいい、内なる声に耳を傾ける。カッカッカッとテーブルの下で揺れる貧乏ゆすりのリズムが速まる。

「まずさ。普通に考えて、それが事実だとしたらお前も良くねえよ」

「ハメ撮りはしちゃったっすけど、絶対に広めてないっす。信じてほしいっす」

佐原の元カノが神龍会と何かしら関係があるのは明白だ。男の嫉妬ほど、執念深く怖いものはない。

「反省してんのか?」

「母ちゃんにまで迷惑かけることになるなんて、マジで情けないっす。マジ反省してます」

「じゃ、大ごとになる前に謝りに行くか」

「金はどうすんっすか?」

「お前は事実だけを言えばいい。一緒に行ってやるから」

「え? 行くって神龍会のところにっすか?」

不安が爆発したように声を震わせた。

「お前一人で行ったら危ねえだろ。何人で来るか分かんねえし」

「そんなことしたら亮くんもヤバいっすよ」

不安定に裏返った声で嘆き、頭を抱えている。そしてやり場のない不安を必死に押し殺すように身体を震わせていた。

「最悪の場合は金払えばいいだけだろ。そうなったら、今より現場仕事を増やすしかねえな」

そう言ってわざとおどけて笑ってみせた。

佐原は目を赤くし、唇を噛み締める。涙は見せなかったが、言葉を詰まらせている。詰まった言葉が彼の身体の中で暴れ出したのか、二度三度咳き込んだ。


そんな佐原を少しでも元気付けようと、二人は銀柳街《ぎんりゅうがい》へ繰り出した。

駅前の大きなバスロータリーを背にして、左手にあるネオンが光る歓楽街へ入る。ガールズバーや風俗の看板がギラギラと輝き、夜であることを忘れさせる刺激的な電飾の光が目に突き刺さる。そんな人工的に作られた欲望に溢れかえるこの街は、小綺麗《こぎれい》に着飾った場所より居心地が良かった。抱える山積みの問題から現実逃避できる。

「お兄さん、ガールズバー飲み放題三千円です」「風俗とか探してないですか？」数秒毎に明るい声音《こわね》だがどこか感情の無い、無機質な誘いが聞こえてくる。

「おっぱい、どう?」日本一適当なキャッチの声かけに、「行くわけねえだろ」と、二人して笑い飛ばした。

細い路地裏に入ろうとした、その時だった。

その光景を目にした時、一気に酔いが失《う》せた。

赤いショルダーバッグを持ち、厚化粧をした小柄な中年女性が、脂汗でデコをてからせた中肉中背のサラリーマンに「一万五千円は? サービスするから」と誘惑していた。襟元の大きくあいた服で胸を寄せ谷間を作り、媚《こ》びるような上目遣いをしている。

サラリーマンは品定めをするように、鼻息荒く女性を上から下に舐《な》め回すように眺める。

「一万円でもいいから。どう? お願い。ね?」

女性は腕をサラリーマンに絡ませ、甘ったるい声でおねだりする。

「まあ、一万円ならいっか……」

二人は腕を絡み合わせ、ラブホテルへと消えていった。

チリンチリン、鈴の音が鼓膜に響き渡る。

——母だった。

路地裏を彷徨《ほうこう》する母だった。見たことのない表情。喉の奥に指を突っ込まれたような嫌悪感に襲われた。

佐原に気づかれないよう、路地裏を引き返した。そして何事もなかったかのように大通り沿いにあるラーメン屋に入った。

「何ラーメンにしようかな」と悩む彼の横で放心状態だった。心が虚《うつ》ろになり、意識の矛先《ほこさき》は、先程の母のこと一点に向かっていた。

「亮くん決まりました？」

「あぁ……」

ラーメンのメニューを見るが何も頭に入ってこない。この状況で腹も減るわけない。上の空だった。

「悪い。ちょっと先出るわ」

そう言って二千円を置き、ラーメン屋を後にした。

佐原はその背中を心配そうに見送った。


どこへ行くあてもなくただ街を歩いた。

このモヤモヤした気持ちで一人の家に帰ると、深い闇に飲み込まれてしまいそうだった。

流れのままに銀柳街を歩いていると、どこかから男女の笑い声や、音楽の重低音がうっすらと聞こえ、音がする方へと漠然と歩いた。そこには『CLUB CITTA'』と看板が出ており、若い男女の人集《ひとだか》りができている。

なんの気無しにクラブへ入ってみた。セキュリティが睨《にら》みを利かせる中、入場料を払う。ワンドリンク制になっており、ドリンクチケットを片手に、光と音の混沌《こんとん》をかき分け、クラブの中へ入っていく。ハートランドを頼みフロアへと歩みを進めた。

奥まった狭い空間には、たくさんの若い男女が密集して踊っている。フロア内を移動しようとすると、踊っている人に当たってしまい、手に持っていた酒がこぼれた。床はこぼれた酒でベタつき、歩くたびに靴底に粘り気がまとわりつく。

目眩《めまい》がする程のストロボとレーザーが、脳内に直接アドレナリンを射《う》ち込んでくる。そんな雑駁《ざつぱく》とした空気の中で、自分を潰すように酒を呷る。あまりに現実離れした空間。

フロアから見上げたところにある中二階のＶＩＰ席に座るバレンシアガのＴシャツを着た若い男がシャンパンを入れたのか、ピタピタのボディコンを着た派手なギャルたちが派手な演出で席まで運んでいく。一人はシャンパンのコルクに花火を突き刺し、一人はネオンのボードをラウンドガールのように宙に掲げている。

ボディコンギャルがフロアをかき分け、中二階までの階段を上っていく様をフロアの隅っこで静かに眺めた。ＶＩＰ席のどこか胡散臭《うさんくさ》い男はギャルの肩を抱き、運ばれてきたシャンパンには目もくれず、上からフロアを見下ろしている。

そんなざわめきに疲れ、喫煙所のある非常階段へ出た。うっすら聞こえる音楽の重低音。飛び降り防止のため張られたネット越しに見える川崎の街並みは、本能を刺激する原色の光に輝いている。皮肉にも先程母が入っていったラブホテルが見え、顔が青ざめていくのを感じる。気が紛れるかとクラブに喧騒《けんそう》を求めて来たものの、逆に精神は擦り減っていった。

夜空を見上げるも、霞《かす》んで星は見えなかった。

無秩序にステッカーが隙間なく貼られた階段に腰掛け、深くため息を吐《つ》いた。


結局、することもなく青ざめた表情で家に帰ると、玄関の新聞受けには金融屋からの督促状が入っていた。

そこには、利子含め八百万円の請求。今でも金融屋からの取り立ては容赦無く続き、むしろその額は膨らんでいる。無表情にそれをビリビリと破いた。

脱ぎ捨てた服を足で隅へ押しやった。そしてソファーに横たわりながらスマホゲームをした。大して面白くもないパズルゲームをひたすらプレイし続ける。このゲームが面白いのか面白くないのかも分からない。いや、分からなくていい。ただ考える隙間を作りたくない。

生欠伸《あくび》をし、スマホの見すぎで痛くなった眼を指でグリグリとほぐす。

ゲームにも飽きて、ネットの掲示板を見る。「金持ちになる方法」と、薄っぺらな検索をしてしまう。スマホを触る指が空疎《くうそ》にタップしていた。

低い天井に吊《つ》り下げられた電灯が、不規則なリズムでチカチカと点滅している。

時計を見ると朝方の四時だった。カーテンの隙間から見える外の景色は少し明るい青みを帯びていた。

玄関の扉が開き、チリンチリン、鈴のストラップを鳴らしながら母が帰ってきた。

この人に俺は、なんて言葉をかければいい？　心の中で叫んだ。一体何を。

「あら、まだ起きてたの。明日仕事じゃないの？」

ハイヒールを無造作に脱ぎ捨て、台所で水を飲んでいる。

「母さん。俺もっと仕事頑張るからさ。少し休んだら？」

平静を装い言い放ったが、指は小刻みに震えていた。

背中越しに母は「は？」と言った。

目を合わすこともできず、再びスマホの画面に目を落とした。画面には「金持ちになる方法」という検索ワード。

母は無言で奥の間にあるタンスへと大股で歩いていった。そして建て付けの悪いタンスの一番上の引き出しを強引にこじ開け、小さな封筒を取り出す。それを亮の胸に威勢よく押し当ててきた。

何が起こっているのか理解できない中、母はどこか虚勢を張った声で言い放った。

「十万ある。これでスーツでも買いな。仕事頑張るって言ってる人間がスーツの一つも持ってないなんてあり得ないでしょ」

亮の視線は定まらず宙をさまよった。母の目を見たら核心に迫ってしまいそうで怖かった。

封筒を持つ母の手に、電灯の白い光が影を作る。

母さんの手ってこんなに小さかったっけ。

顔を恐る恐る見る。目のあたりに青いアザがあった。体を売った客につけられたか、金融屋が痺れを切らし手をあげたのだろう。母の白髪が光った。

母を強く抱きしめた。そしてその背中越しに見えるタンスの木目を、ただボーッと眺めていた。タンスのシミが人の顔に見えてくるな、このタンスっていつ買ったんだっけ、今考えなくてもいいことばかり気になった。それは自らの精神をコントロールするための自己防衛本能のようにも思えるし、また持って生まれた性格のようにも思えた。

母の体温を感じていたら、心の迷いが消えた。

「ごめんな……俺がなんとかするから。もう大丈夫だから」

母の背中をさすった。その身体は薄かった。硬かった。骨を触っているようだった。

「ごめんね……」

消えてしまいそうなほど力のない声。

聞こえないフリをして、強く抱きしめた。

いつまでも、ずっとこのまま小さな背中を抱いていたかった。

＊

翌日、佐原と指定された川崎の外れにある喫茶店に向かった。

そこは、加齢臭がきつそうな老夫婦が切り盛りする五、六人入れば満員になるほどこぢんまりとした店だった。奥に一つだけ四人がけのテーブルがあり、カウンター席は二席あるが、段ボール箱が乱雑に置かれていて座れない。本棚には茶色く変色した『北斗の拳』や、『あさりちゃん』が埃《ほこり》を被《かぶ》って積み重ねられている。

テーブル席のソファーには、二十代後半くらいの髪を七三にピシッと固め、サイドはスキンフェードに刈り上げた男の姿。肉付きも良い。その男は黒地に金色の三本線が入ったアディダスのジャージを着ていた。

「佐原?」

ジャージの男はソファーに深く座り込み、巻き舌で尋ねてきた。

「はい。そ、そうです」

佐原は怯えたように声を小刻みに震わせながら答える。

「まぁ座れよ」

男の向かいの席に佐原は身体を縮こめるように座った。亮はこの男の指示通り座るのがしやくで、座らず立ったままでいる。

「金、用意できた？」

「あ、いえ……」

「こいつ誰？」

「悪いけど佐原はハメ撮りを広めてねぇんだ。だから許してやってくれ」

主導権を向こうに渡さぬためにも、目で威嚇《いかく》しながら口を開いた。

ジャージの男の眉間がピクリと動いた。

「ウチの大事な女に手出されて、許せるわけないやろ。金出すか、金無いんやったら仕事してもらわんと」

男は川崎では珍しくコテコテの関西弁だ。

「じゃあその女、この場に連れて来いよ」

佐原は神龍会に喧嘩《けんか》を売るのだけはやめてください、とばかりに小さく首を横に振る。

「お前、口の利き方には気いつけや」

「てめえがな」

語気を強めた瞬間、ドアベルがカランカランと鳴り、紺色のスーツを着た細身の男が入ってきた。

歳は三十代前半くらいで、センター分けの頭髪に、銀縁で細長の眼鏡をかけている。パンツの裾は九分丈で、足元は裸足《はだし》に白いデッキシューズを履いている。

狭い店内は密状態となり、急に酸素濃度が薄くなった気がした。

「どうもどうも。蛇沼《へびぬま》でーす」

蛇沼と名乗る男がジャケットを脱ぐ。その風に乗ってバニラを煮詰めたような甘い香水のにおいが狭い店内に充満した。鼻を刺す強い香水のにおいに思わず眉間に皺を寄せる。男は手首まで入った和彫りの刺青《いれずみ》をちらつかせるようにシャツの袖を捲り上げた。蛇が手首に絡まるようにして彫られている。

蛇沼は向かい合うようにソファーに深く腰掛けた。

老婆が水を四人分テーブルに置いた。

「ご、ご注文は何にされますか?」

老婆の声は小刻みに震えていた。

「アイスコーヒー四つ。俺はガムシロップ多めね。あとスナック菓子も」

蛇沼が慣れた調子で注文する最中にスマホが鳴った。その場で電話をとり、何かを指示している。思ったよりも長い時間、電話で話し込んでおり、その間にコーヒーとスナック菓子が置かれた。苦みのある香りと、香水の甘いにおいが狭い室内で喧嘩している。そして電話をしながら、コーヒーにガムシロップをドバドバと注いだ。

「おい。電話切れよ」

亮の言葉に蛇沼の眉間が僅かに反応した。そして手で払うような合図をすると、老夫婦はそそくさと店の外に出ていった。

電話を切り、コーヒーを啜《すす》りながら話を切り出した。

「三百万は?」

蛇沼はどこか陰りのある目をした男だった。

第一印象で言うと爬虫類《はちゅうるい》。冷気を孕《はら》む不気味な空気を身に纏《まと》っていた。首元に刃物を突きつけられているような独特な緊張感。センター分けの頭髪を気にしながら、顔に笑みを張り付けていた。

獲物をじわじわと締め上げていくような蛇沼の笑顔が、戸惑う佐原に静かにじんわりと忍び寄ってくる。佐原は息を呑《の》み、動けなくなっていた。

「だからお前らのでっち上げだろ」

「ん？　今、なんか言った？」

蛇沼は皿に盛り付けられたポテトチップスを手に取った。

「金ないなら仕事紹介してあげるよ」

大きな口を開けて、摘《つ》まんだポテトチップスを頬張った。

「ふざけんな」

「ふざけてないよ。こっちは至って真面目だよ」

指先についたポテトチップスの塩だか油だかを音をたてて舐めた。その横ではジャージの男が睨みを利かせている。埒のあかない話し合いに憤《いきどお》りを感じ、亮は店を出ようとした。

「話になんねぇ。佐原、帰るぞ」

その時、ジャージの男は立ち上がり、亮の腕を摑んだ。身長は百八十センチ近くあり、よく見ると柔道耳なのが分かった。男は一歩前に身を乗り出し、一触即発の重苦しい圧迫感があたりを支配する。

「つんだよ」

怯《ひる》まず腕を強く振り払う。

すると、男が頬を殴ってきた。

痛《い》ってえな、すかさず男の頬を力一杯に殴り返した。男はソファー席に倒れ込んだ。亮はテーブルを回り込み、胸ぐらに摑みかかる。

「はいはい」

蛇沼が手を叩き仲裁する。その合図を機にジャージの男の力が緩まっていく。

蛇沼は目を細め、品定めするようにじっと見てくる。

「キミ、いくら摘まんでんの？」

亮の顎を指で軽くなぞりながら言った。その指先に体温は感じられなかった。

「は？」

「だから。いくら借金があるんだって聞いてんの」

「ねえよ」

「分かんだよ、俺には。金に追われているヤツ特有のにおいが」

蛇沼の銀縁眼鏡が、蛍光灯に反射して光った。全てを見抜きそうな冷徹な目をしていた。

「で、いくら？」

じわじわと深い沼の底へと足を引きずり込まれる感じがした。

「言え」眼鏡をクイッと上げた。

「八百だよ」

「へえー、思ったよりも膨らんでるね。でも今のままじゃ到底八百万なんて金は返せない。死ぬまで今のしがらみから抜け出せない。キミ、それ分かってる?」

その言葉に何も言い返すことができず、ただ唇を血が出るほどに強く嚙み締めた。

「八百万に上乗せで、俺らにも三百万払うって人生詰んでるね」

蛇沼は手を叩き、腹を抱えて笑った。亮は睨みつける眼力が強くなるのみで、食いしばった口を開くことができなかった。怒りは激しい波となり全身に広がる。

そして蛇沼のネクタイをねじり上げた。

「てめえ!」

コイツを一発殴らなければ収まらない。

拳を振り上げた瞬間、ジャージの男に突き飛ばされた。

「そんなに興奮しないの」

蛇沼は緩まったネクタイを締め直しながら言う。怒りに震える亮の勢いに少し気後れしたようだった。

「俺はキミたちが借金が返済できるよう、金稼がせてやるって親切で言っているんだよ」

借金の返済、その魅力ある言葉に少し動揺した。こんな安っぽい言葉に自分の心が揺れるなんて思いもしなかった。

「仕事内容、聞く気になった？」

眉間に皺を寄せ黙り込む。否《いな》か応か言った瞬間に全てが崩れると思った。沈黙が続く。

「あの。仕事って何をするんっすか？」

張り詰めた空気を破ったのは佐原だった。怯えた視線で蛇沼の顔を見つめている。

「荷物運んでもらうだけ」

「荷物？」

「そう。割りの良い宅配のお兄さん」

拍子抜けするような爽やかな笑顔で言った。

「荷物の中身はなんなんっすか……」

佐原は口籠《くちご》もりながら聞き返した。徐々に怖じ気付くように顔が引き攣《つ》っていく。動揺が伝わってくる中、亮は佐原と母を守ることだけを脳裏に浮かべ、蛇沼を睨み続けた。

「そんな怖い顔をしないでよー。ふぅ」

と息を吐き出しながら蛇沼は言うと、本題へ仕切り直すかのように説明を始めた。

「万一の時は、凄く腕の立つ弁護士の先生をつけてあげるから。仮に何かあって捕まった場合、四十八時間以内に送検されて、その後、二十四時間で勾留か釈放か担当検察官が決めなければいけないんだよ。四十八時間黙っていればパイになるんだ。弁護士の先生もついていて、そもそも絶対起訴されないシステムになっているから」

言い慣れた文言を早口で流暢《りゅうちょう》に説明する。

「頭使えばこの世の中には抜け道なんてたくさんある。この世で一番強いのはなんだか分かる?」

「え……」佐原は言葉をつまらせる。

「法律だよ。法律を盾にしたら誰もが太刀打ちなんてできない。だからこそ俺が捕まらないように賢い搔い潜《くぐ》り方を教えてやるから。安心して」

「そんなうまい話があるわけねえだろ」

込み上がる猜疑心《さいぎしん》を拭えず、苛立ちが募る。

「大丈夫、大丈夫。本当に荷物運んでもらうだけだから」

その右手には大きな数珠《じゅず》、左手には金色のギラつく時計がこれ見よがしに輝きを放っていた。

「ふざけんな。そんなリスク背負えるかよ」

「リスク? リスクの無い生き方っていうのが、今のキミの現実なんじゃないの? はした金欲しさに小っぽけなプライドを切り売りして、それで安酒飲んで、安い女を抱いて。その繰り返し。そんな生き方なんて、俺に言わせれば人生に値しない。ディストピアだ。そんな掃き溜めのような世界で人生終わらせたくないでしょ？　俺たちには俺たちなりのエルドラドがあるんだよ。そう、エルドラドだ。キミも夢を見たいだろ。なあ？」

蛇沼は瞬《まばた》きもせず語ると、ニヤリと片方の口角だけを上げ、胸ポケットから煙草ケースを取り出す。ゆっくりと一本、薄い唇で咥《くわ》えた途端、ジャージの男はすかさずライターの火を口元へ差し出した。

「ねえ、キミは『考える人』って知っている？」

いつの間にか、その顔は初めの張り付けたような笑顔に戻っていた。

「それがなんだよ」

突拍子のない問いの真意が摑めず、用心深く言葉を返した。

「アイツはね、別に何かを考えているわけじゃないんだよ。ああやって地獄に堕《お》ちていくヤツらを上から眺めているんだ。なんの感情も浮かべず淡々と。地獄へ堕ちるヤツっていうのは、何かが足りない。それが知恵なのか決断力なのか何なのかは知らないけど」

蛇沼は美味《うま》そうに煙を吐き出し、ソファーに深くもたれ込んだ。煙は真《ま》っ直《す》ぐ上へ立ち上っている。

「世の中には地獄へ堕ちるヤツと、それを上から眺めるヤツの二通りしか存在しない。社会ってのはそんなもんだ。ならどっちを選ぶかは言わなくても分かるよね？」

堕ちる側と、眺める側か。俺は今、確かに一歩踏み外せば地獄に堕ちる瀬戸際にいる。これ以上、堕ちたくねえ。

「運命に従順な姿は美しいって言うヤツもいるけど、あれは必ずしも正しくない。運命に抗《あらが》う姿こそが俺たちには必要なんだ。でないと、俺たちはいつまで経《た》っても負け犬のまま終わっちまう」

佐原は何かを訴えるような瞳で不安げに見つめてくる。

「信用するかしないかはキミの勝手。やるんなら免許証出して」

コイツらに個人情報を渡すということが、どういうことなのか重々承知している。それでも、母と佐原のために。深く息を吸い込む。

「俺がやるから佐原はもういいだろ」

力強く言葉を発し、叩きつけるように免許証をテーブルの上に出した。悔しさ混じりに蛇沼の顔を穴があきそうなほど強く睨みつける。

「亮くんがやるなら俺もやります」

佐原も急いで免許証を財布から取り出した。

「おい」と制した時にはもう既に遅かった。二枚の免許証をすかさずジャージの男が写真に収めた。

「亮くんを裏切ることはできません」

「友情、泣けるねえ」

口元からわざとらしいくらい白いセラミックの歯がこぼれた。その圧に佐原は小さく頷くしかできないようだった。

アイスコーヒーの氷が溶け、グラスの中でカランと小さく音を立てた。

「じゃあ早速仕事をやってもらおうかな」

蛇沼はおしぼりでグラスについた水滴を拭き取りながら言った。

コーヒーを口に含み、小さく溶けた氷をボリボリと噛み砕いた。

そして、亮の肩をポンと叩いて喫茶店を出ていった。

その手は氷のように冷たかった。


急に店内が広く、呼吸がしやすくなる感じがした。

ため息をかき消すように、氷の溶けた薄いコーヒーを口に含んだ。

不安な気持ちと、母を借金から解放してやれるかもしれない微《かす》かな希望。

佐原も押し黙っている。心の中で葛藤しているのだろう。

大丈夫。大丈夫だ。荷物を運ぶだけ。

足を組んだり解《ほど》いたり、どこかしら動かしていないと息が詰まりそうになる。頻《しき》りに唾を飲み込む。

「佐原、大丈夫だ。大丈夫、大丈夫」

自分に言い聞かせるように何度も言った。大丈夫と繰り返すことで自分自身に暗示をかけた。

佐原は震える唇で「はい」と言った。眉間のあたりに逡巡《しゅんじゅん》の色を浮かべていた。

＊

テレグラムというアプリで送られてきたマニュアル資料を何度も見返し、イメージトレーニングをする。成功イメージだけを脳に叩き込んだ。二人でたまたま公園に来た体《てい》でトイレに行き、荷物を受け取るというものだった。

震える手でスマホを握った。隣にいる佐原に試しにニコリと微笑んでみたが、頬がこわばって上手《うま》く笑えない。

指定された場所は閑静な住宅街にある、なんの変哲もない小さな公園だった。到着した旨《むね》を電話する。

「公園内にある男子トイレの一番奥の個室を三回ノックしてください」

電話に出たのは物腰の柔らかい男性だった。

「あと、電話する時はイヤホンで通話してくださいね。あなたの行動はこちらに筒抜けですので」

立ち止まりあたりを急いで見渡した。公園内には人影はない。

「どこから俺のこと見てんだよ」

「あのー、つべこべ言わず、言われた通りにイヤホンしていただいていいですか」

熱を感じない機械的な言葉に気味の悪さを感じながらも、ブルートゥースのイヤホンを耳につけた。その手は過度の緊張で汗ばんでいる。そして、誰もいないトイレに入り、一番奥の個室を三回ノックした。足首あたりに異変を感じ、目線を下に移す。足元にスッと茶封筒が出てきた。

「そちらの封筒を受け取ってください」

耳元に指示が飛んできた。わけも分からず足元に出てきた封筒を受け取る。呼吸は浅く、鼓動は速い。個室トイレの中にいるのが誰なのかも分からないままトイレを後にした。

「公園を出てすぐ右にコンビニがあるので、その封筒に入っているカードで金を下ろしてください。金を下ろす前に残高の写真を送るのをお忘れなく」

封筒を胸ポケットに隠し、コンビニに入店した。店内は見る限り、老人の客が一人と、頼りないほど身体の線が細い学生風のバイトの男がいるくらいで、閑散としていた。雑誌コーナーの隣にあるATMに直行した。震える手で封筒からカードを取り出し差し込む。

「暗証番号をお伝えしますね」

言われるがまま数字を打ち込むと、ロックが解除され残高確認をする。額に汗が流れた。残高はゼロが七個並んでいた。

乾いた唇を指で触れる。残高の写真を送り、コンビニの限度額二十万を引き出す。周りを見渡すが、誰もこちらを警戒している者はいない。ATMから出てきた二十万の札束を手に取る。

「金を封筒に入れて、コンビニのトイレに掃除用品が入った茶色のボックスがあるので、その中に入れてください」

抑揚のない声が鼓膜を刺激した。

「ションベンしたいから、一回電話切ってもいいか?」

「どうぞ」

電話を切り、佐原を呼びつけた。考えた作戦を口早に伝える。

「先に逃げろ」小さく耳打ちをして、先に佐原をコンビニから出した。

個室トイレに着き、ニヤリと笑った。この時を待っていた。被害者には申し訳ないが、悪を成敗する意味でも、コイツらの指示に従わず、このまま金を持ち逃げしようと考えていた。金を胸ポケットに仕舞い込み、カードだけ言われたボックスに投げ入れた。

何事もなかったようにトイレを出た。すると、一人の男がトイレ前で待っており、すれ違うようにトイレに入っていった。若干目が泳いでいたので、この男も詐欺グループの端くれだと分かった。

ヤバい、こんなすぐにトイレ内を確認されるとは思っていなかった。

急いでコンビニを出ると、後頭部でバチバチという音が鳴り響いた。ぐらりと視界が回転した。これはスタンガンなのだろうか。力を入れたくても、壊れたからくり人形のように全身に伝達されない。

平衡感覚を失ったところでジャージの男に車に連れ込まれた。

＊

川崎駅の近くにある、薄汚れたビルの四階に連行された。

煙草のヤニ臭さがこびりついた古いエレベーターは、落書きとステッカーだらけ。乗り込むとガクンと下に沈んだ。

薄暗い通路の奥にある一室をジャージの男が開ける。二十畳ほどの打ちっぱなしのコンクリートのワンルームにパソコンや電話機が置かれたデスクが四つ、奥に革張りのソファー、その前に椅子が置かれていた。部屋中の全ての窓はアクリル板で覆われ、息苦しさを感じる。

二人は手を拘束されたまま床に投げつけられた。佐原は「すみません。俺も捕まっちゃいました」と苦しげな表情を浮かべている。

ジャージの男は、床に這《は》いつくばる二人に舌打ちした。そしてソファーに腰掛け、一服し始める。

入り口の扉が開く音が微かに聞こえ、不快なバニラの香りが一面に漂った。

「蛇沼さん、お疲れ様です」

ジャージの男は立ち上がり一礼した。

「コイツら金持ち逃げしたんすよ。一発ヤキ入れなアカンなって思って」

「んー、持ち逃げは良くないねー」

床に横たわる亮に向かい、静かにじわりと追い詰める口調で言った。

「損害賠償してもらわないと」

「は?」

「色んな規約違反を諸々合わせると、追加で百万。支払ってくれるかな」

「死んでも払わねえ」

「自分の置かれている状況が分かってないみたいだね。もうキミの戸籍謄本も附票も入手してるんだよ」

戸籍謄本を見る蛇沼の眉間に皺が入った。

「ん。キミ、地元どこ？」

「川崎だよ」

「この横浜《よこはま》の住所はなに？」

ハッタリを暴く刑事のように鋭い視線を向ける。だが住所をもう一度見て目を丸めた。

「……キミ、施設入ってたの？」

父が無理心中を図り、亮は包丁で手を刺され、倒れているところを警察に保護された。その後、横浜にある児童養護施設『ソレイユ学園』に入ることになった。父はその後行方を晦《くら》まし、母は躁鬱《そううつ》状態が深刻になりとても子育てできる環境ではないと判断されたそうだ。

「おいおい。マズいな」

バツが悪そうにジャージの男に耳打ちする。

「神龍さんと一緒の施設じゃねえかよ」

微かに漏れた声が聞こえてきた。その言葉を聞いてジャージの男は額の脂汗を手の甲で拭った。蛇沼は急に腕時計の時刻を見て、居心地悪そうに腕を組んだり、前髪を触ったり忙《せわ》しなく動き出した。

その時、入り口の扉が開く音が聞こえた。それに気づいた蛇沼とジャージの男が、顔をこわばらせ、即座に立ち上がる。

入ってくる男に向かって「お疲れ様です」と頭を深く下げた。

その男は、長い髪を後ろで結び、サイドはスキンフェードのマンバンヘアだった。無精髭《ぶしょうひげ》が生え、眉毛も太い。ギョロリとした大きな目と、全体的に彫りの深い顔立ちが外国の血を引いているかのように思わせる。どことなく常人とは異なるオーラを放っていた。

身長は特別大きいわけではないが、中身がミッと詰まっている格闘家のような体つきで威圧感が凄い。入ってきただけで、空気の色がガラッと変わった。緊張感があたりを支配する。

男は床に横たわる亮と佐原を視界にも入れず、事務所の奥にある金庫のダイヤルを回し始めた。

蛇沼がジャージの男を引っ張り、男に近づく。そして、頭を無理矢理下げさせる。

「すみません。金を持ち逃げしようとしたヤツがいまして」

ジャージの男も遅れて「自分の監督ミスです。すみませんでした」と再度深々と頭を下げる。

だが、男は顔色一つ変えず、金庫の鍵を開け、金を中から取り出した。この男が二人して恐れていた神龍というヤツだと点と点が繋がった。

ジャージの男が「お前のせいやろ、このボケが」と佐原の顔面に蹴りをいれた。悲痛な叫び声が殺風景な室内に響き渡る。

「これは俺の問題だ。殴るなら俺を殴れ。コイツは関係ねえだろ」

それでもなお、ジャージの男は見せしめのように佐原を蹴り続ける。

手を拘束されている中でも反撃の手段を必死に考え、ジャージの男の脛《すね》に頭突きをした。脛の骨に響いたのか悶《もだ》えている。

男は仕返しでサッカーボールを蹴るかのように亮の顔を蹴った。重い痛みに襲われる。何も反撃できず、唇を嚙み締める。鉄の味がした。

「おい、そこのロン毛」

口内は裂け、喋《しゃべ》るだけで痛い。歯茎も腫れ上がり、上手く話せない。神龍の只者《ただもの》ではない雰囲気に内心焦っていたが、それが伝わらぬよう威勢よく言葉を投げかけた。

その瞬間、蛇沼もジャージの男も血相を変えた。

「おい、誰に話しかけとんねんコラァ」

それらを乱暴に振り払い、神龍の目の前に駆け寄った。

「人騙《だま》して汚ねえぞ。お前らは間違ってる」

神龍と目が合う。その瞳は険しく威圧的だが、光が宿っていなかった。まるで出口の見えないトンネルのように真っ黒だった。

ジャージの男がすかさず駆け寄り、激しい勢いで殴りつけてきた。その衝撃でバランスを崩し、床に倒れ込む。一発だけではメンツを保てなかったのか、その後も何発も殴ってきた。

神龍はその姿をただ、無表情に見据えていた。

殺気を感じたのか、ジャージの男は殴るのをやめた。

「すみません、ちょっとやりすぎですよね」

神龍は先程金庫から取り出した札束から一部を抜き出し、蛇沼に渡した。

そのまま神龍は一言も発することなく部屋を出ていった。

蛇沼は大きく息を吐き出し、ソファーに倒れるようにして座り込む。ジャージの男も緊張の糸がきれたのか、デスクチェアーに深く腰掛けた。

「神龍さんと同じ施設出身なんて、運が良いのか悪いのか」

蛇沼が煙草に火をつけ、立ち上る煙を見ながら、ピロートークのように呟いた。

「さっきキミが言っていた『騙す』っていう言葉、俺は嫌いだな。俺はね、社会貢献だと思っているんだよ」

煙が美しく真っ直ぐ伸びていた。

「俺らは経済回してやってんだよ。みんなお金に困っているんです。じゃあなんで金ないのか。原因を考えてみな。この国からある日突然、金が消えたの？　イリュージョン？　違うでしょ？　原因は簡単。高齢者の皆さんが使いもしない金を大切にお持ちになられているんですって」

その眼は悪魔を成敗するような、確固たる信念に満ち溢れていた。感情を昂《たかぶ》らせながら、強い口調で言葉を続けた。

「だから俺は騙しているんじゃない。タンスに眠っている金があるんなら、そいつを今を生きる若者へ循環してやってるの。いわば、慈善事業かな」

ニヤリと片方の口角だけを上げそう言い切ると、煙草を最後に一口大きく吸い、力任せに灰を潰した。先程まで穏やかだった表情が一変した。

「まあ、キミはもう神龍さんに会っちゃってるから、既に拒否権ないんだけど」

瞳孔《どうこう》の開ききった目を向けてきた。

蛇沼の指図で、ジャージの男が二人の結束バンドを切った。一時間ほど手を身体の後ろで縛られ続けていたため、指先が鬱血《うっけつ》して痛い。

「俺といれば、ただの金持ちじゃない。大金持ちになれるよ」

蛇沼は取り繕《つくろ》った笑みで目を細める。先程、神龍から受け取った札を数え、二等分する。

「今回は特別に神龍さんからのご好意」

現金を十万ずつ手渡された。佐原はすぐに手を伸ばし、金を受け取った。金を持つ手を小刻みに震わせながら「マジかよ。十万っすよ」と唾を飛ばしながら言った。

遅れて現金を受け取る。呼吸が速くなった。

母からあの夜に渡されたなけなしの十万を思い出した。

同じ金でも、母の時と比べ物にならないほど軽く、空っぽに感じた。

二

匡平は一日の仕事が終わり、あくびをしながらスマホを見る。そこには亮からメッセージが届いていた。

『今夜、家に泊まっていいか？』

「いや、また急だなあ」ふっと鼻で笑いながら返信を打つ。

『いいよ。その代わり晩飯奢《おご》ってよ。お腹減った』

自然と笑みが溢《こぼ》れ、匡平は急いで職場を後にした。

亮が予約してくれた店は、給料日にちょっとした贅沢《ぜいたく》で行くような個人経営の居酒屋だった。二人で会う時はいつも激安チェーン店で残金を気にしながら酒を飲むことが多いのに珍しい。急な宿泊に対する誠意だとしたら亮も大人になったもんだと感心した。

店内は昭和の映画ポスターのレプリカが所狭しと貼られ、ＢＧＭも昭和歌謡が流れていたり、レトロな空間に演出されている。壁掛けテレビに流れるのは野球中継。

店に着くと、亮はもう既に一人でジョッキを呷っていた。座っている彼の姿を見て目を疑った。一度眼鏡を外し、目を擦る。再度眼鏡をかけ直し、亮をまじまじと見た。

「え。どうしたの、その顔」

まぶたは黒く腫れ上がり、頬の擦り傷からは血が滲《にじ》んでいる。

「やっちゃった」

口内の傷で喋りづらいのか、少し言葉が聞き取りにくい。普段と少し違う亮のしょんぼりとした表情に呆《あき》れたように言葉を返した。

「はぁ。もう僕らも二十五なんだからさ、恥ずかしいよ」

昔から亮は喧嘩っぱやく、怪我《けが》をするのは日常茶飯事なので、さほど大袈裟《おおげさ》に捉えずメニューを見ながら注文ベルを押した。

「心配しろよ」

ツッコむ拍子に力を入れすぎたのか、痛そうに顔をしかめた。

「喧嘩ばっかりしてたらロクなことにならないよ」

「うるせえな」

軽く聞き流し、店員に注文をした。

「おかわりするでしょ」

亮は少し拗《す》ねた顔をしながら頷いた。

頼んだビールはすぐに来た。ジョッキもキンキンに冷えたビール。

「それじゃ、亮。ご馳走様でーす」

至福の一杯に、二人して言葉にならない声を出した。夏のビールに勝るモノがこの世にあるなら教えてほしいくらいに美味い。

「僕、ビールみたいな人と結婚したい」

細かい泡が下から上へ上がる様を愛《いと》おしく眺めながら言った。

「どういうこと？」

亮はポカンと不思議そうな顔を浮かべている。

「ビールっていつ飲んでも美味いじゃん。一日の疲れを癒やしてくれるじゃん。どんな時でも飲みたいなって思うじゃん」

「あぁ」

「これって結婚相手に求める三大条件揃ってない？」

ふざけて言ったつもりだが、思いがけず目を見開いて共感してくれている。

「確かに。俺もビールみたいな女と結婚してぇな」

亮の真っ直ぐなところは昔から変わらない。昔も今もその真っ直ぐさに救われているのかもしれない。

「また痩せたな。たくさん食え」

亮は食べきれないほどのメニューを注文した。

ホッケの開きや、焼きうどん、チャンジャを酒のあてに次々と二人はおかわりを頼み、ハイピッチで酒を流し込んだ。亮の頬は傷で赤いのか、酒が回り赤いのか、見分けがつかない。

ホッケと目が合ってしまい匡平の心臓が大きく拍動した。

——死んだ魚の目。昔はそんな目をしているとよく言われていた。光がなく、希望がなかった。酒が入ったせいか、やけに感傷的な気持ちになる。

「『ソレイユ学園』の時の僕と同じ目してる」

匡平は低く呟いた。

亮もそれを受けて何か言いかけた。だが、言葉にするのを避けるように、煙草を口に咥えた。そして視線のやり場に困ったのか、ホッケの開きに大根おろしを載せたり崩したりしながら煙草を吸っている。

そして、ジョッキに僅かに残っていたビールを一気に飲み干し、空のジョッキを必要以上に強くテーブルに叩きつけた。

それを見て亮もジョッキに残っていた酒を一気に飲み干した。

まだホッケの目の裏側に過去を思い浮かべていた。希望が見えずもがいていたあの頃。亮がいなければ今こうして生きていない。

両親は、匡平の物心がつく頃からともに不倫をしていた。母に彼氏が、父には彼女がいる特殊な環境だったが、それが当たり前だと思って育った。玄関に革靴が置いてあっても、その靴が父のものか、母の彼氏のものか分からない。リビングに行き、顔を見てようやく革靴が誰のものかが分かるといった日々だった。

父は経済力があったし、母の彼氏も外資系企業の役員で、生活に困ることはなかった。母の彼氏からは「この前、仕事でロスにいってきたお土産《みやげ》」と、ハイブランドの財布やベルトを度々プレゼントされた。これほどに嬉《うれ》しくないプレゼントがあるのかと、小学生ながらに感じていた。

小学二年生の頃、正式に両親が離婚し母に引き取られることになった。それから程なくして、母と彼氏の間に子どもが生まれた。そこから二人の態度は徐々に変わり始めた。

彼氏は弟には優しく接して、匡平のことには無関心となり、明らかに区別をつけるようになった。母にとっても次第に邪魔な存在へと変わったのか、どこか遠く感じるようになっていった。家の中の空気は重く息苦しかった。

人間は組織において異質な存在を排除する瞬間に、一番強固な結束ができるようになっているると思う。

「養子に出そうか」

深夜、リビングで二人、小声で相談しているのを偶然耳にしてしまった。足元から力が抜けた。信じたくない現実が耳を通して心に突き刺さる。


そこで、送り込まれたのが『ソレイユ学園』という児童養護施設だった。

それは白い三階建ての本園と、一軒家を利用したグループホームでできていて、食事も寝床も用意されている。年齢は四歳から十八歳まで、定員は三十人とこぢんまりした施設であった。

小学三年の春にこの施設に入った。

肉親であっても簡単に捨てるのだから、信じられる繋がりなんてあるはずがない。人は全員が敵だと思っていた。次第に施設でも浮いた存在になっていった。

施設に入って一年の月日が流れた頃に、亮も事情を抱えて入ってきた。施設で唯一の同い年ということもあり、亮は気さくに話しかけてくれる。だが、なかなか心を開けずにいた。

夏休みの自由研究で星のストラップを作ることになった。

手作りのストラップと手紙を入れて、母にプレゼントとして送った。

しかし一週間後、それは施設に送り返されてきた。ショックだった。

周りの音が遠のき、まるで自分だけポツンと取り残されたような気がした。そんな時に亮が手を握ってくれた。

「男なんだから泣くな。ほら、向こうで一緒に遊ぼうぜ」

その声は穏やかで、しかし決然としていた。その何気ない言葉が勇気をくれた。

これを機に、亮にだけは心を開けるようになった。亮となら塞《ふさ》ぎ込まず何でも話せた。

だが、亮は中学生になるタイミングで施設を卒業した。母親が施設に引き取りに来た。この頃には亮の母親は精神がいくらか安定し、人並みの子育てができる環境であると市の児童相談所も認めたそうだ。

施設を出る日、さよならを告げ、亮の背中が見えなくなるまで手を振り続けた。遠くなっていく背中を、一瞬一瞬心に焼き付けた。


亮が施設を抜けてからも人と関わりを持とうと努力はした。しかしどうしても、他人の顔色が気になる。人よりも感情のアンテナの感度が高く、繊細に物事を捉えてしまう。心のキャパシティは皆と一緒でも、人よりも受信する情報が多ければ、自然と心はすり減っていく。一度、傷んだ心の修復は不可能に近い。

痛みに敏感に反応する自分の心を憎んだ。どうすれば痛みを感じないで済むのだろう。どうすれば心を捨て去ることができるのだろう。

愛されることを諦めていないからなのだろうか。愛の感触を一度でも知ってしまっているから、これほどに辛いのだろうか。嫌われたくない。誰かに必要とされたい。愛されたい。だけど、いくら足掻《あが》いても心の痛みを消し去ることができなかった。

そして中学三年の春、自らの命を終わらせる決意を固めた。

自殺の場所に選んだ歩道橋へ向かう道中、足元を忙しげに動き回る蟻《あり》を見つけた。なんの感情も無く、その一匹を靴のつま先で踏みにじってみた。足を上げると、蟻の姿は跡形も無く消え去っていた。アスファルトに僅かばかりのシミを残して。初めから存在すらしていなかったかのように。

誰に看取《みと》られるわけでも、悲しまれるわけでもなく、突然にこの世界から消えた、一つの命。自分の存在もまた、このアスファルトのシミと同じように思えてくる。ぼんやりとそのシミをただ見つめていた。

歩道橋に辿り着き、大型トラックが走ってくるのを待っていた。

そこで久々に出会ったのが亮だった。びっくりした。まさか再会できるなんて夢にも思っていなかった。

これによって人生が大きく変わった。亮の背中越しに見える希望の光に向かって走り続け、これまで生きてこられた。


「そんなガキの頃の話すんなよ」

暫《しば》し二人は過去に想《おも》いを馳《は》せるように口を閉じた。沈黙の中、居酒屋の明るい喧騒だけが虚《むな》しく響いている。

「僕さー、亮のおかげでやりたい仕事が見つかって、今頑張ってるんだ。何やってるかはまだ内緒だけど」

「なんだよ！　教えろよ」

「一人前になったら教えるね」

亮は「おう」とシャツの袖で口を拭いながら、少し照れていた。

「飲みすぎたね。帰ろうか」

「そうだな」

亮はズボンのポケットからクシャクシャに折り畳まれた一万円を出した。

＊

匡平は溝口《みぞのくち》のワンルームマンションに住んでいる。マットレスとテレビと小さな机があるだけのなんの変哲もない質素な部屋だ。ただ、九階ということもあり、ベランダからの景色はとてもいい。二子《ふたこ》玉川《たまがわ》など東京の景色も見える最高の立地だ。

「煙草吸ってくるわ」

亮は煙草を咥え、慣れた様子でベランダへ出ていった。匡平も後に続く。

亮は眉間に皺を寄せ、何か考え事をしているようだった。そして、吸い殻をベランダの外へ指で弾《はじ》き捨てた。

「おいおい。外に捨てちゃダメだよ」

慌てて空のペットボトルに水を少し入れてベランダに持ってきた。落ちていく吸い殻は、夜の空気に溶け込み、次第に見えなくなっていった。

「あー、悪《わり》ぃ」

ペットボトルの灰皿を受け取り、ケースからトントンともう一本煙草を取り出す。

「煙草やめたらお金貯《た》まるんじゃない？」

亮は苦笑いをして煙草に火をつけた。煙が風にほのかに揺られ、匡平の方へ向かっていく。

「亮って感じのにおい」

夜空を見上げると、やや黄色味を帯びた光を放つ月が浮かんでいた。ベールのように薄い雲が少しばかりかかっている。

亮の吸うセッターのにおいが、歩道橋での出来事を思い出させる。あの時、少しでも亮に近づける気がして、煙草を吸った。

亮はケースをトントン叩き、一本差し出した。

匡平は少し考えたのち、微かに笑って空を見上げた。

「僕は吸わない」

風が雲を運び去り、くっきりとした細い月が夜空に顔を出した。

月のすぐ隣に、夜空にポツンと一つ浮かぶ星があった。

「あれが一番星かな?」

ベランダの柵に肘をつき指さす。

「一番星っつーのは夕方に見える金星のことな」

「えっそうなんだ。知らなかった」

「金星は日が暮れる前の一番最初に光るか、夜明け前、最後に光るかのどちらかなんだ。アイツ、孤独だよな」

「亮、星のこと詳しいんだね」

「ガキの頃から空ばっかり見上げていたら勝手に詳しくなっちまった」

「でも星あんまり見えないね」

「街が必要以上に明るすぎんだよ」

煙が風に乗って顔をかすめた。

ポツリと孤独に浮かぶ金星をじっと見つめた。ずっと独《ひと》りで輝き続けるっていうのはどんな気持ちなのだろう。

「オリオン座とかなら見える時あるよな」

「あーでもそれくらいしか星座知らないかも」

「北斗七星は知ってんだろ?」

亮は星の見えない夜空をスケッチブック代わりに指で線を描いている。

その少年のような横顔を微笑ましく見つめた。そして、試しに星と月を宙に線を引いて結んでみた。

先程まで夜空に独りぼっちに見えていた星が、月と線で繋げたことによって、一つの星座のようになった。それは二つを結んだだけの頼りない紐《ひも》のような直線。

「亮と僕だ」

身を乗り出し、月を見上げた。

「は？」

空を見上げると、二人だけの繋がりがある。独りじゃない――ポカンとしている亮に心の中で呟いた。

「ううん。なんでもない」

夏の夜風が顔を撫で、優しく熱を剥ぎ取りながら流れていく。

亮は短くなった煙草を、今度はベランダの外に投げ捨てず、そっとペットボトルの中に放り込んだ。


部屋に戻り、マットレスに二人で腰掛け、テレビをつけた。たまたまつけたチャンネルからニュースが流れていた。特殊詐欺の事件の特集をしていた。

「あっ、洗濯回さなきゃ」

洗面所に着くと、亮が慌ててテレビのチャンネルを変えたのが分かった。バラエティ番組の笑い声が洗面所にも聞こえてくる。

背中に汗が一筋ゆっくりと流れ落ちていくのを感じる。
小さな洗濯機の中では白い泡をまとった渦《うず》がいつ終わるともなく、ぐるぐると回り続けている。その中を色褪せたシャツが浮かんでは、また渦に頭を押さえられ、再び洗濯機の底へと沈んでいく。それをただぼんやりと見つめた。

翌朝目を覚ますと、亮は既にいなくなっていた。
ベランダに出て、昨日のやり取りを思い返しながら、空を見上げた。
一つ大きく深呼吸をし、インスタを開くと、ある投稿が目にとまった。
『夏が終わる』
何故、人は夏だけ終わると表現するのだろう。
春も、秋も、冬も終わるのに。
何故、夏が終わる時だけ、寂しさを感じてしまうのだろう。

三

亮は匡平に迷惑がかかることを恐れ、何も言わず家を出た。

これまでと違う世界に入ってしまった今、匡平の未来にとって足枷《あしかせ》になりたくない。

それでも匡平からは日々多くのメールが届いた。迷惑をかけたくない。しかし、匡平の気持ちを無視することもできない。心の中で葛藤しながら返信をする。

今の自分は匡平に会う資格がない。そんなことを思いながら季節は巡った。

あれから運びを何回か繰り返した。まとまった金が手に入り、このままいけば借金返済も夢ではないと僅かな希望に燃えた。

今日も佐原と二人で八王子《はちおうじ》での仕事に向かった。今回の仕事では見張り役。佐原が受け取り役。送られてきた住所の一軒家へ歩いて向かう。グーグルマップの音声ナビの音でさえ、人目を引いてしまうのではないかと心が張り詰め、あたりを見渡す。閑静な住宅街の一角にターゲットの家はあった。

家の周囲を何周も歩いて、違和感がないか厳重に確認する。パーキングに駐車された車内にまで気を配った。ターゲットの家はカーテンが閉めきられており、警察の息がかかっている様子は見当たらない。受け取り役の佐原にサインを送った。

暫《しばら》くの間、少し離れた角から状況を見守っていたが、特に大きな動きもなさそうだ。仕事は呆気《あつけ》なく成功した。

一息ついて佐原と電車に乗り川崎へ戻り、報酬を受け取った。

その夜、二人でニュータンタンメンを頬張った。川崎人のソウルフードで、ニンニクがこれでもかとぶち込まれたラーメンだ。どんな飯よりも精力がつく気がする。小さい頃、体調を崩した時、母に「ニュータンタンメン食べたら風邪も治る」と、よく薬代を節約されたものだ。

その時、蛇沼から電話がかかってきた。

「今すぐ麻布十番《あざぶじゆうばん》の交差点に来てよ。神龍さんが呼んでる」

時計を見ると夜の十時だった。二人は急いで電車に乗り込んだ。指定された店の前に着くと、蛇沼が立って待っていた。

「おう、急に悪いね」と、いつもと別人のように優しく微笑んできた。

蛇沼の背中を追い店に入ると、レッドカーペットが敷かれた螺旋《らせん》階段が目に入った。その手すりには繊細な彫刻が施されている。さらに店内には小さな滝が流れ、水音が心地いい。階段を降りると、華やかなカウンターやボトルが並ぶ棚がライトアップされている。

「いらっしゃいませ」黒ベストの男性スタッフが上品な笑みを浮かべ迎えた。全てが今まで見てきた世界とは無縁の異空間だった。

奥まったＶＩＰルームに案内された。紫がかったネオンの光が浮かび上がる、どこか淫靡《いんび》な空気が漂っていた。

部屋に入ると、神龍の姿が目に飛び込んできた。彼は威厳に満ちた姿勢でＬ字形のソファーの角に深々と座っていた。

「神龍さんー。連れてきましたよー」

ヘコヘコという効果音が聞こえてくるくらい蛇沼が腰を何度も折りながら言った。

「おい、挨拶しろ」

蛇沼がすかさずかん高い声を浴びせてくる。神龍は表情を変えず深々と座っている。

「自分、佐原って言います。よろしくお願いします」

何度も頭を下げ挨拶をしている。

「うっす」亮は頭を前に軽く突き出し挨拶した。その態度を見て蛇沼が声を荒らげそうになったのを神龍は目で制し、隣に座るよう手招きをした。

蛇沼も佐原を隣に招き入れ「どんな子がタイプなの?」と場の空気を盛り上げようと話題を振った。

「優しい子っす」

「馬鹿か。芸能人だと誰に似ているとか、おっぱい大きい子とか、そういうのを聞いてんの」

「す、すみません。おっぱい大きい子、好きっす」

その答えを待っていたかのように蛇沼は下品に笑った。佐原も満更ではない様子で追従《ついしょう》して笑っている。

すると、ぞろぞろと個室に「こんばんは～」とハイブランドのミニバッグを手に、胸元を強調した色とりどりのドレス姿の女性たちが入ってくる。

蛇沼はまた人が変わったように嘘《うそ》くさい笑みで女性を迎え入れた。佐原も上機嫌に「やっべえ。めっちゃ可愛いっすね」と女性の胸元から目を離さない。

亮の横にも一人女性がついた。

「お隣いいですか? 優衣《ゆい》です。よろしくお願いします」

主張しすぎない二重の瞼《まぶた》、すっと通った鼻筋と小さな口はバランスをとるように置かれていた。決してモデルのように華やかな印象ではないが、各パーツが絶妙に配置された愛嬌《あいきょう》のある顔立ちだった。

ボーイたちが慣れた手付きで高級シャンパンをグラスに注ぐ。

「神龍さん、クリスタルありがとうございます」と蛇沼がグラスを掲げる。

亮は慣れない場の空気に戸惑うようにシャンパンを口にした。

「なにしてんだよ」

神龍の声を初めて聞いた。その声は低く太かった。

なにが気に障ったか分からぬまま、何とも言えない緊張感が走った。脇に汗が流れる。

先程までざわついていた室内が急に静かになった。神龍の一言には周りの空気の温度をも変える支配力があった。皆、その覇気に怖じ気付き、迂闊《うかつ》に発言できなくなっていた。

「女の子たちまだだろ」

その声は全身に鳥肌を立てるほど鋭かった。

周りを見渡すとシャンパングラスは男性の分しか用意されておらず、女性キャストの飲み物は卓上に無かった。

急いでボーイが人数分のシャンパングラスを用意しだした。

銃口を向けられているような緊迫感。殺される。本能的に思った。

神龍は凍りつく雰囲気の中で、部屋の全員にグラスが行き渡ったことを確認した。その瞬間、明るい光が彼の目に宿った。

「乾杯っ」

そして彼は一気にシャンパンを飲み干した。そこには先程の怒りの影は微塵《みじん》もなかった。

蛇沼や女性キャストも緊張から解放されたようにグラスを高く掲げて乾杯した。

神龍といるとどこか調子が狂う。敵に回したくないと思わせるオーラが彼にはあった。

蛇沼がさらに場を盛り上げようと「今からゲームをしよう」とザラついた声を投げかけてきた。

「テキーラ、ボトルで。あと、トランプ持ってきて」とボーイに上機嫌に注文する。

「ルールは簡単。トランプでハイローをやる。その前に出たカードの数字より上か下かの二択ね」

すると神龍は、スーツの内ポケットから茶封筒を取り出した。そこから折り目のない札束が顔を出している。十万円を数えて取り出し、それをテーブルの上に置く。

「ガキじゃねえんだから、本気でやんなきゃつまんねえだろ」

ニヤリと口角を上げ、煙草を咥えた。隣に座る女性キャストがすかさずライターを口元に運び、煙草に火をつけた。

「トランプの中に二枚だけジョーカーがある。ジョーカーが出てくるのを言い当てたら十万」

場の空気が一変した。

「ただ、ジョーカーって言って普通の数字が出たらテキーラショット」

「さすが神龍さん！　半端ないっすね」すかさず上辺を取り繕った蛇沼の合いの手が入る。

「リスクと本気で向き合えるヤツだけが勝つ」

女性たちも目の前に置かれた金と、圧倒的な力を前に冷静さを失っている。

蛇沼がトランプをきり、一枚カードを出した。スペードの６。

「じゃあ、亮くんから」

確率的に言えばハイと答えるのが無難であると考え、ハイを選択した。そして蛇沼はデッキの一番上にあるトランプを一枚引き、テーブルに叩きつけるように出した。

ジョーカーだった。

「えーいきなりジョーカー？」

その場にいる一同が思わず声を上げた。

何故ジョーカーと言わなかったのか。守りに入ってしまう自分の弱さを、蛇沼に見抜かれているようだった。

「リスクを恐れるヤツは、勝利の女神に見放されちゃうよ。ですよね、神龍さん」

有無を言わさず差し出されたテキーラを飲み干す。酒が喉を焼き焦がし、胃腑《いのふ》に落ちてゆく。

一同は触発され果敢に攻めて狙いに行くが、一向にジョーカーは出てこない。酒のペースだけがやたらと速くなる。ただハイかローかジョーカーかを当てるだけのゲームを、何巡も延々と繰り返した。順番が回れば回るほど酒に溺《おぼ》れ、的確な判断ができなくなっていく。

「お酒お注ぎさせていただきますね」

隣に座っていた優衣が吉四六《きっちょむ》でお茶割りを作るふりをして、チェイサーとしてソフトドリンクのお茶を渡してくれた。

「悪い。ありがと」

「いえいえ、私もお酒あんまり強くなくて、チェイサー欲しかったので」

「そうか」

「お名前なんとお呼びしたら良いですか？」

「亮」

「亮さんですね。亮さんはおいくつなんですか？」

「二十五」

「私の二個上だ」

彼女は笑った。頰にエクボが浮かび上がっている。心に柔らかく温かい風が吹く。

「亮さんはお仕事なにされてるんですか？」

「ガテン系。お前はなんでここで働いてんの？」

「お前じゃないです。優衣です」

悪戯《いたずら》っぽい笑みを浮かべながら、肩を軽く叩いてきた。その時、風に運ばれ石鹼のような柔らかい匂いが鼻先をくすぐった。ハンドクリームの香りなのだろうか。

「社会勉強で」

彼女の瞳は海のようだった。表面は穏やかに見えても、その奥は底知れぬ深海が広がっているような瞳だった。心が吸い込まれていく。

「次、キミの番だよ」

蛇沼から声がかかった。テーブルに投げ捨てられたトランプが、下品なまでに散らかっている。

「ジョーカーで」

トランプのデッキから一番上のカードをテーブルに出す。ハートの8だった。

「残念。はい、テキーラ」

一気にテキーラを流し込んだ。テキーラ独特の喉を突き刺す刺激。口内の残り香《が》をかき消すため、優衣がチェイサー用にくれたお茶を流し込む。

「じゃあ次」と優衣の番が回ってきた。

「私もジョーカーで」

その瞬間、場のボルテージはさらに上がった。

「良いねえ」

蛇沼が満足そうに煙草をふかす。煙が彷徨し、室内に白く拡散する。

勢いよく叩きつけられたトランプのカードを食い入るように見る。

ダイヤの3だった。優衣の前にショットグラスが置かれる。亮はそれを奪い一気に流し込んだ。理性より先に身体が動いた。

「えっ。ありがとうございます」

その後もゲームは続き、酒量は増えていった。

項垂れるようにトイレへと直行し、便器を抱え込んだ。喉に手を突っ込まずとも、便器内に付着した黒カビを見るだけで吐けた。喉の奥が開き、先程まで体内にあったものを逆流させる。胃酸の酸っぱい臭いが口内に充満し、その匂いでさらに吐き気が倍増する。便器の中を覗き込むと、汚物には麺が交じっていた。

もうこれ以上、何も出ないほど全てを出し切り、手洗い場の水を手酌で何杯も貪《むさぼ》り飲んだ。

空っぽの体内に水分が染み渡る。

覚束《おぼつか》ない足取りで部屋に戻ると、優衣がミニポーチから錠剤を取り出した。

「これ二日酔いに効く薬なんで、飲んでください」

小声で囁《ささや》き差し出してきた。イヤホンのノイズキャンセル機能のように、周りの喧騒が聴覚から遮断され、二人だけの空間へと変わった。

「ありがと」

ぶっきらぼうに薬を受け取り飲んだ。

「もう飲んじゃいました？」

優衣は心配そうに問いかけてくる。

「飲んだ。え、ヤバいやつ？」

「違いますよ。薬飲むなら水の方が良いかなと思って、探していて。すみません」

「全然」

「あ、あの。代わりに飲んでくださり、ありがとうございました」

「おう」

「なんで守ってくれたんですか？」

優衣は照れながら目を逸《そ》らした。

「別に」

「そうやってみんなにやってるんですか?」

「やってねえよ」

「ふーん」

彼女はイタズラっぽく笑いながら、目を細めた。

「なんだよ」と思わず口に出して笑った。

その時、神龍が立ち上がった。

「亮くん」

神龍から話しかけられた瞬間、ノイズキャンセル機能はなくなった。周りの話し声が戻ってくる。その場にいる全員が彼の方を向いた。

「期待しているよ」

そう言って、結局誰も当てることのできなかった十万の札束を亮に渡した。

神龍が部屋を出ると、女性キャストも全員お見送りのために急いで部屋を出ていった。蛇沼も佐原も慌てて後を追いかけた。優衣も亮に一つ会釈《えしやく》をしてから見送りに向かった。

一人、部屋に取り残された。

先程までの熱気が嘘のように室内が静かになる。

凄い世界に足を踏み入れてしまった。過去の記憶と未来への不安や希望が交錯する。その中で唯一確かなことは今この瞬間、自分が選んだ道を信じて歩むことだけだと思った。

蛇沼のバニラを煮詰めたような甘い残り香だけが室内に息苦しいほどに漂っている。


店を出て、電柱にもたれ掛かり一服していた。佐原は蛇沼に誘われ二軒目に行ったらしい。蛇沼に媚びたくないので、どうしてもそこに合流する気にはなれなかった。

時刻は深夜二時。川崎まで帰る足がない。先程、神龍から受け取った十万でどこかに泊まろうかとも考えたが、六本木《ろっぽんぎ》付近のホテルはどこもべらぼうに高かった。考えあぐねていると、私服に着替えた優衣が店から出てきた。先程のドレスの時の印象とはガラリと変わり、デコルテが見えるゆったりとしたカーディガンにロングスカートの姿で現れた。清楚《せいそ》な大人の印象だった。

「亮さん」

優衣は少し驚いた表情を見せた。

「あ、あの……この後、予定ありますか?」

「この後?」

優衣は大きく頷いた。頬にはまたエクボが出ている。

あたりをぐるりと見渡した。欲望が交錯する眠らない街、六本木のど真ん中だ。一生関わることはないと思っていた街だ。

「いや、特にねえけど」

「じゃあもう一軒どうですか。良いとこ知ってます」

ニコリと微笑むと前へ歩き出した。黙って後を追った。

彼女が入っていったのは落ち着いたカウンター席のバーだった。間接照明に照らされ端整《たんせい》な顔立ちがクリアに映る。

「優衣っていうのは源氏名《げんじな》で、本当は美雨《みう》っていいます」

恥ずかしそうに視線を下げ、小さな声で名前を告げた。

「美雨か。いい名前だな」

「亮さんって私と二個しか違わないのに大人っぽくて、自分に軸があってかっこいいなって思いました」

注文したフルーツカクテルに唇をつけながら言った。

「んなことねえよ」

「私のお兄ちゃんとは大違い」

美雨は意味ありげに笑みを浮かべた。よく見ると茶色がかった瞳。

「本当親不孝な人なんです」

「どうした？」

「聞いてくれますか？」

酒を流し込み、こくりと頷いた。

「親の車を壊したのに、修理代も払わないし、今は闇金で借金までしてるんですよ」

美雨は少しずつ心の澱《おり》が流れ出てくるように話し出した。

「親は優しいから、お兄ちゃんの借金を何も言わずに何回も払ってて。でもお兄ちゃんはそれを当たり前だと思ってるし。こんなの嫌で……だから私が返さなきゃって、夜の仕事始めたんですけど、私がこの仕事してること知ったら、親は悲しむだろうな……」

そう言って大きなため息をこぼした。

「なんでお前がそこまでやるんだよ」

「お母さんもお父さんも大好きだから、悲しませたくないんです」

純情な家族への愛。なんと声を掛ければいいか分からなかった。

「そうか。大変だな」

そう言って頭を優しく撫で、肩に手を置いた。その手の温《ぬく》もりが、言葉以上に安心感を与えたのか美雨の表情が子どものように柔らかくなった。どちらからともなく身体を寄せ距離を詰める。

二人の距離は近づき、自然と掌を絡ませ合う。

そこから小一時間ほど尽きることのない話題で笑い合った。そのひと時はまるで時間が止まったかのように感じられた。

会計を済ませ、二人でタクシーに乗り込む。微熱があるように、身体は火照《ほて》っている。酒も入り情熱は最高潮に達し、タクシー内でも手を握り合ったり、太ももに触れたり、内なる野獣を隠すことは不可能に近かった。


美雨の部屋に入るなり、玄関で互いを求め始めた。

言葉を交わすより先に唇を重ね合わせ、欲情的な口付けを繰り返す。唇を唇でこじ開け、むさぼり合う。美雨の腰に手を回し、ねっとりと舌を絡ませる。

1DKの狭い室内でベッドへ誘《いざな》うのは容易なことだった。互いに舌を絡ませながらベッドに倒れ込む。

服を乱暴に脱ぎ捨て、ベッドの上で寄り添い、夜を泳ぐように求め合う。互いの身体を探索するように、ひとつひとつ知っていく。そうしてゆっくりと体温を共有し合い、溶けるようにして一つになった。美雨の吐息が漏れる。腰でリズムを刻み身体を歪《ゆが》ませお互いを強く求めた。粘りつくように混じり合う。

「私が上になる」

ゾクッとするほど艶《なま》めかしい声で言い、体勢を変えた。美雨が上に乗り腰を動かした。

心にジクジクとした痛みを感じた。不覚にも忌々しい記憶の亡霊が蘇《よみがえ》ってきた。

あの日の心の古傷。父が馬乗りになり、首を絞められ、失神寸前で刺された手の甲の傷。

傷口はとうの昔に塞がっているが、今もなお、見えない血を流し続けている。過去の消化しきれない恨みが心の中で獣の声を上げ、襲いかかってきた。

その瞬間、上に乗っていた美雨を無意識で突き飛ばしていた。彼女はベッドから転がり落ちた。ベッドの下で状況が理解できず、呆気に取られていた。

「ごめんなさい」

美雨は手で身体を隠しながら言った。少し震えている。

我に返った。そして、うずくまる彼女を強く抱きしめる。

「ごめんな」

美雨の唇に、強く唇を押し当てた。言葉を発することができぬよう強く激しく。舌を絡ませ、先程のことがなかったようにベッドへ誘う。全身を隈《くま》なく愛撫し、上から覆い被さるようにし、再び挿入する。

ぐぅっ、と喉の奥から言葉にならぬ声が出た。一心不乱に腰を動かす。ベッドがギシギシと軋《きし》み、揺れ動いた。彼女は強く求められれば求められるほど喘いだ。感じていた。そのたびに互いのボルテージも上がっていく。

「首を絞めてほしいです」

美雨がとろけた薄い目でささやいた。首に手を添え、腰を振る。

「もっと強く絞めて」

熱く、甘えた声で求めた。欲望を満たしてやりたくなった。少しずつ絞める力が強くなっていく。強くすればするほど美雨は「うぅぅ」と苦しげに甘い声を上げた。

「苦……しい……」

もがく表情を見て、強い興奮が身体中を駆け巡った。今まで味わったことのないエクスタシー。

それと同時に、父が馬乗りになり首を絞める過去がフラッシュバックした。

今ベッドで交わる二人を冷静に俯瞰《ふかん》する自分がいた。あの憎い父の姿が、今の自分と重なって見えた。

父と自分。

悪魔が身体に乗り移る感覚。

父と母から半分ずつ受け継いだ遺伝子が、徐々に父の血液だけで埋め尽くされていく。自分の身体が侵食されていく。これ以上先に行くと、もう二度と元の自分に戻れなくなる。ダメだダメだと思えば思うほど、興奮してしまう自分がいる。

再び脳裏に父が無理心中を試みる姿が浮かぶ。父の瞳孔は大きく開き、充血した眼で首を絞めていた。その目には、涙が浮かんでいるように見えた。

亮は美雨の身体の向こうに、彼女ではない別の何かを見据えていた。

絞めていた手を離す。

その瞬間、亮は果てた。

腹の上に出した後もピクピクと全身に余韻を感じる。

欲望を嘲笑《あざわら》うかのように灰色がかった液体がドロリと美雨の腹に横たわっている。

父は自分の中で、姿を変え生き続けているのだと気づく。

「ティッシュ取ってほしい」

美雨は腹の上に残る白濁液が溢れないよう、注意を払いながらティッシュの箱の位置を伝えた。

ティッシュを取り腹の上を拭き取ろうとすると、白濁液がへその中に入ってしまった。へそを拭くとくすぐったいのかあどけなく笑った。拭き取ったティッシュを丸めるとおにぎりくらいのサイズになった。ゴミ箱に捨てようと立ち上がろうとした時、腰に鋭い痛みが走った。

「痛っ」

顔をしかめながら腰をさすった。あまりの痛みにティッシュをベッドのフレームに一旦置き、再度横になった。

「大丈夫?」

美雨は心配そうに見ている。

「うつ伏せになってください」

すると彼女は腰のマッサージを始めた。程よい力加減と温かみ。血流が巡り、身体が温かくなってくる。心地よさからブラックアウトするように眠りに落ちていった。

*

頭が痛い。どうやら二日酔いのようだ。

重い瞼をこじ開けると、美雨がキッチンに立っていた。部屋中に味噌汁《みそしる》の匂いが漂っている。寝癖でぼさぼさに散らかった頭をかきながら、スマホを見る。時刻は十時半だった。

「おはよう。なにこれ」酒焼けの乾いた声が出た。

焼《や》き鮭《ざけ》に目玉焼き、味噌汁を作ってくれていた。湯気とともに立ち上る温かい味噌汁の匂い。

「あ、良かったら……」

「マジで?」

そして、美雨は冷蔵庫から納豆のパックと、四つセットになっているりんごヨーグルトを二つ取り、テーブルに置いた。

「あ、納豆の賞味期限切れてる」

パックの日付を確認し、慌てて納豆を捨てようとした。

「賞味期限なんて関係ねぇよ」

ガラガラ声で言った。昨晩、吐いた時に胃酸で喉をやられたらしく、イガイガする。

「ごめんなさい」

美雨は申し訳なさそうに納豆のパックを開け、添付のタレとからしを入れ、割り箸で混ぜ始めた。

テレビでは、芸人の街ブラロケが流れている。二人で小さな机に向き合い、箸を手にした。焼き鮭に食らいつく。ホクホクとした身がほぐれ、口の中いっぱいに旨みが広がった。かっかっと白米をかきこむ。

「うま」

「良かったー」

昨日出会った二人が日常に溶け込んでいる。

大人になるにつれ、男女の関係はどんどん曖昧《あいまい》になっていく。十代の頃のはっきりした恋愛関係よりぼんやりしている。恋がどこから始まったのかも分からない。始まった瞬間に終わりがあり、壊れる関係があることを知っているからなのだろうか。

人並みに女と付き合ってはきたが、人を好きになるという感情が分からない。

男女が付き合うというのは口約束に過ぎない。そして、互いに傷つけ合う。それならば互いの関係を明確にしなければいい。始まりがなければ、終わりがくる悲しみも背負わなくていい。現状に満足すればそれで良い。そんな風に考えるようになっていた。

物思いにふけっている間も、テレビの芸人の大きなリアクションが、小さな室内を埋めていた。

＊

夕方になって佐原から昨日の反省会と題して飯の誘いがあり、焼き鳥屋に行った。

「二日酔いの時こそ呑んで、迎え酒しないとっすよね。今日は一応昨日の反省会っていうことで。乾杯」

佐原の能天気な発言を鼻で笑い、ビールを流し込んだ。つい数時間前まではもう酒は金輪《こんりん》際《ざい》飲まないと誓ったほどの二日酔いだったが、気づけばまた身体に酒を流し込んでしまっている。

「俺、あの後蛇沼さんと朝五時まで飲んだんっすよ」

「お前、相変わらず酒袋だな」

「酒袋ってなんっすか？」

「なんとなく酒が強そうって感じ伝わるだろ」

「面白い造語っすね。今度から俺も使おっと」

二人は取り留めのない世間話を繰り返し、それなりに盛り上がった。佐原は自然体でいることのできるごく僅かな友人の一人だ。

「母さん引っ越しさせてやろうかなと思ってんだよ」

「え、めっちゃ良いじゃないっすか」

「元はと言えば、母さんとお前を守るために始めたことだからな」

酒は進み、時刻は夜の十時半を回った。酒も回り気分がほぐれる。この後の予定をどうするか、お互いに顔の表情から探り合っていた。もう一軒店に行くことになれば、確実に楽しいのは間違いない。だが、酒もますます進み、帰るのは朝方になるだろう。今日はどの程度のギアで酒を飲むか決めかねていた。どちらかが「もう一軒行こう」と言えば、その押しに負けるふりをして、流れに身を任せられる。逆に今日はここで切り上げ、昨日のアルコールで痛めた肝臓を回復させる時間にしても良い。もう飲んでいる時点で肝臓を労《いたわ》ってはいないのだが、テキーラをストレートで飲む以外は飲んだ日にカウントしない、という謎の自己ルールを定めていた。

酒で解放された心のまま美雨に『今何している?』と連絡した。

返事はすぐに来た。

『もうちょっとで仕事終わるところです』

『ここ来て』住所を送るとすぐに既読になった。

『分かりました』とすぐに返信が来る。

思わず口角が上がりそうになり、誤魔化すように煙草に火をつけた。佐原はそれを見過ごさなかった。

「なにニヤけてんっすか?」

「昨日いた子、呼んでもいいか？」

「お、良いっすね」

「おう」あえて表情を隠すように返した。

「え。まさか、もうカマしたんすか？」

佐原はいつもの人懐っこい笑みを浮かべ顔を近づけてきた。脇腹を「このこのー」と肘で突《つつ》いてくる。

「最高じゃないっすか。亮くんちゃっかりしてますねー」

「うるせえよ」

そこから美雨も合流し、二軒目のバーへと移動した。佐原もえらく彼女を気に入った様子で「美雨さん泣かせたら怒りますよ」と呂律《ろれつ》の回らない口調で言う。

そんな二人のやり取りを見て美雨は楽しそうに微笑み、テーブルの下で手を絡ませてきた。

佐原は途中でスマホをチラチラと確認し「すみません、蛇沼さんから呼び出しくらっちゃいました。ちょっと行ってきます」と慌てて立ち上がった。そのタイミングで二軒目の会計を済ませ店を出た。

二人で六本木通りを歩いた。暖かい夜風が心地よく流れている。

美雨は歩道の縁石を綱渡りするように落ちたらアウトとルールを決め、キャッキャとはしゃぎ、歩き続けた。それを見守りながら先導するように歩く。コツコツとヒールの音が後ろから規則的に聞こえてくる。

もうどれくらい歩いただろうか。六本木通りの緩やかな坂を上り切ると渋谷《しぶや》に近づく。これから渋谷に向かい緩やかな坂を下ろうとしている。

夜でも朝でもない、青白い空気。

月は輝きが薄れ、白く透明に変化してきている。

美雨はぴょんぴょんとスキップし、亮を追い越した。そして、あどけなく振り返る。

「亮くんといると凄く元気になれます！」

「なんだよそれ」

スキップしていた彼女の足元が突然ふらついた。

ガードレールに手をついて、倒れるのを防ぎながら靴を脱ぎ、かかとを確認している。

「靴擦れしちゃった」

その姿を見て、車道へ身を乗り出し、タクシーをとめた。

「大丈夫か？　家まで送るよ」

「やったぁ！」

そのまま美雨の部屋に辿り着き、また互いを求め合った。

先程まで薄青く染まっていた空は、朝焼けのオレンジに変わっていた。

＊

新しく母には家を借りてやり、引っ越しをさせた。夜逃げ同然で移ったため、当分の間は家にまで押しかけてくる取り立てからも少しは解放されるはずだ。さらに借金返済のため、もっともっと稼がなければと自分自身に十字架を背負わせた。自分も一人暮らしの家を探そうか迷ったがそこまでの余裕もないので、美雨の部屋に転がり込む形で居候《いそうろう》させてもらうことにした。

季節は巡り、異常だった暑さもすっかり鳴りを潜めて、落ち葉の雨がパラパラと降り注ぐようになった。

美雨は人とは違う言葉をくれる。

『今日も頑張って』ではなく、『今日も一番の味方だからね』。その言葉には不思議な魅力がある。彼女でしか埋められない、心のスペースがある。

美雨は夜職のため昼過ぎまで寝ていることが多かったが、ここ最近は早起きをして、どこかへ出かけることが多くなった。

睡眠時間を削ってまで何をしているのか問いかけた。

「実はね、やりたいことが見つかったの。エステで働くことにした！」

屈託のない笑顔で答えた。

「マッサージの勉強もするから、亮くんの腰も私が治すの！」

そう言って、なんの邪気もない穏やかな顔で笑った。以前から腰を痛がっているのをずっと気にしていて、自分にできることはないかと職を探しだしたのだという。

「俺のためにか?」

美雨は頷いた。その優しい表情に心が温かくなり、自然と美雨を抱きしめていた。彼女の髪の香りがふわりと漂う。

心をかき乱されるような鼓動を感じた。胸が締め付けられ苦しくなる。でもそれは心地のいい苦しさだ。いくらでも耐えられる苦しさだった。


夜、部屋に戻ると電気が消えて真っ暗だった。

店が休みの時はいつも美雨はリビングでテレビを見ているのだが、今日は物音一つなく部屋は静寂に包まれていた。どこか飲みにでも出かけたんだろうかと思いながら、電気をつけようとした。すると、パン！　というクラッカーの破裂音が部屋中に響いた。突然の衝撃音に首をすくめ目を閉じる。恐る恐る目を開けると、照明がつき明るくなる。

リビングの壁一面にバルーンで『happy birthday』と飾り付けがされていた。テーブルには食べきれないほどの手料理の数々。ピザやおしゃれに盛り付けられたアヒージョにペペロンチーノ。どれだけの時間をかけたのだろうか。

すると、誕生パーティー用のデコレーション眼鏡をかけた美雨がキッチンから勢いよく登場する。

「お誕生日おめでとう」

呆気に取られてしまった。目の前の光景が信じられず、ただ立ち尽くすしかなかった。

「生まれてきてくれて、ありがとう」

勢いよく抱きついてくる。

生まれてきてくれてありがとう、か。人生で初めて言われた言葉だった。こんな俺でも生まれてきたことを喜んでくれる人がいるのか。

「はい！　プレゼント」

赤い光沢のある花柄の紙に包まれた小さな箱。

最初は包装紙を破かぬようそっと剝がそうとしていたが、早く見たいというもどかしい気持ちが勝ち、しまいには荒っぽく包みを破いて中身を取り出した。中に入っていたのは、シルバーの華奢《きやしや》なチェーンタイプのブレスレットだった。

「見て！　ジャーン！」

美雨の手首にも既にお揃いのブレスレットがつけられていた。

「つけて、つけて！」

彼女に促され、早速ブレスレットをつけてみた。冷たいシルバーが肌に触れた瞬間、軽く身震いした。

愛情を注がれるのが当たり前の環境を知らない亮にとって、喜び方が分からなかった。美雨の真っ直ぐな愛情表現にどう応えていいかが分からない。

「誕生日ってなんで俺がおめでとうって言われんだ？」

「生まれてきた日だからだよ」

「親に産んでくれてありがとって言うんだったら分かるけどよ」

「亮くんのお母さんにも感謝だし、私に出会ってくれたことにも感謝だし、一年に一度しかないから大切な日なんだよ」

一般的な家庭の擬似体験をしたような不思議な気持ちになった。過去の心の穴を無かったことにすることはできなくとも、愛情を受けたり与えたりすることで穴は埋めていくことができるんだと感じた。


心尽くしの手料理を食べ、二人はベッドへ流れ込み愛を確かめ合った。

「ありがとな。嬉しかったわ」

「また来年も絶対一緒にお祝いさせてね」

腕の中で美雨は微笑みを浮かべた。

「今までロクな人生じゃなかったから。誕生日こんな風に祝ってもらったの初めてだった」

美雨がぎゅっと抱きしめてきた。彼女の心臓の鼓動が自分の胸の中で響いているような気がして、ただその温もりに身を委ねた。彼女の体温が、冷えて硬直した心を少しずつほぐしてくれる。

「大丈夫。私がずっと一緒にいるからね」

昔から『ずっと』とか、『絶対』とか『一生』なんて言葉は嫌いだった。そんなものは存在しないし、その言葉がどれだけ無責任かを知っているから。

ただ、美雨はいつも真っ直ぐな瞳で、心からの言葉をくれる。見返りを求めず尽くしてくれる。これだけ強く純粋な愛をくれると、不思議と心にスッと入ってくるものがある。

なんなんだこの気持ちは。

こんな自分が人を幸せにできるかは分からない。だが、無性に何かを返したくなっている気持ちに気づいた。

「いつか亮くんの育った街に行ってみたいな」

「育った街か……」

まぶたの裏に川崎の実家と、横浜の『ソレイユ学園』の二つを浮かべていた。一つ大きく深呼吸をした。

「今から行くか」

「え、今から？」

「おう」

バイクをレンタル予約し、二人乗りで横浜へ向かった。深夜の高速にバイクの激しい排気音を響かせながら飛ばした。

初めてバイクの後部座席に乗るという美雨は終始ノリノリではしゃいでいる。走行中にもヘルメットをコツコツと五回ぶつけて「愛してる、のサインだよ」だなんて言ってくる。

「危ないから落ち着け」と何度も言った。

中華街の入り口の門を見た途端、美雨のテンションは最高潮に達した。門は神々《こうごう》しく輝き、訪れる人々にどこか威圧的な存在感を誇示している。加えて、赤い提灯《ちょうちん》がこの街独特の異国情緒をさらに引き立てる。昼間は様々な露店で賑《にぎ》わっているが、着いた時刻は朝の四時過ぎで店は全部しまっていた。

人の気配はまるでなく、街全体を貸し切っているようだった。バイクを停め、閑散とした中華街を歩く。気づけば、中華街を抜け、山下公園の方に近づいていた。ぽつぽつと三十メートルほどの間隔で設置された街灯の光。

夜明け前の山下公園は、どことなく懐かしい感じのする潮の香りを運んでくる。

遠くに見えるみなとみらいの観覧車、横浜ランドマークタワー。反対側にはマリンタワー。大さん橋へと歩いていった。街灯の光が反射する水面。大さん橋に辿り着き、振り返ると、遠目に山下公園がうっすらと見える。かなりの距離を歩いてきたんだなと感じた。

しんと清く澄んだ早朝の空気に浮かぶ月を眺めていると、なんだか自分の心まで照らされそうになる。

月は独りぼっちで星のない藤紫色の空にぽかんと浮かんでいる。

母が苦労し続けている中、自分だけが幸せになっていいのか。

過去と今で変わったことと、変わらないこと。

輝きが霞んで見える。胸が締め付けられた。

空に浮かぶ消えそうな月が、何故だか今の自分と重なって見えて仕方ない。

「生きている意味あんのかな」

そんな言葉が思わず口から出た。これが今、自分の心にある想いなのか。そう思うと、魂も一緒に抜けていきそうな深いため息が出た。

「そんなこと冗談でも言わないで」

美雨は悲しげな声でそう言いながら苦しいくらいに強く抱きしめてきた。洟《はな》を啜る音が聞こえる。

目線の先にある空の低い位置に、たった一粒、輝く星があった。

なんだ、月は独りじゃなかったのか。

心の中で月と星を線で結んでみた。

青と赤を混ぜたような朝陽が、横浜ベイブリッジの彼方《かなた》に昇り始めていた。

＊

秋が静かに終わりを告げ、冬の冷たい空気が街を包み始めた。

変わらずに匡平からの連絡が頻繁に届いていたが返信するのをためらっていた。あまりに住む世界が違う。その違いが二人の関係に微妙な影を落としていた。

匡平から最後に送られてきた「久しぶりにご飯行こうよ」というメッセージを読み、深いため息をついた。

気づけば思っている以上に自分を取り巻く環境は大きく変わっていた。

組織内での信頼を獲得し、実行役を卒業し指示役に昇進した。統括役への昇進も近いとの噂《うわさ》もささやかれている。

数字至上主義の蛇沼のやり方に不満を抱く者たちが、亮のもとに流れ込んでくる。

そんな日々を繰り返しているうち、いつの頃からか亮を慕《した》う後輩たちによるグループが生まれていた。

確かに仲間を大切にし、強い信念を持っている。しかし、誰彼構わず大事にするわけではないし、そうするべきだとも思っていない。本当に大事に思っているのは、自分が心から信じられる者だけだ。実際、これまで一人で強く生きてきた。その孤独の中で培《つちか》った強さと独自の価値観が、行動の基盤になっている。ただ、自分の信じる道を歩んでいたら、自然と多くの者が慕って集まってきた。

そうしたこともあって、亮は噂通り統括役に抜擢《ばってき》された。後輩メンバーたちの信頼と期待が自分に向けられ、その重みを感じながらも、統括役を引き受ける決意をした。

カリスマ性とリーダーシップは、次第に確固たるものとして認識され、自分自身も少しずつその役割を受け入れていった。

そのことにより、神龍会の統括役は蛇沼と亮という二つの派閥に分かれていった。

だが、現状は数字も人員も蛇沼の方が大きく上を行っていて、亮のグループは派閥というにはまだ弱小ではある。

最近では蛇沼とは会うこともめっきり少なくなったが、無言の圧力を感じる。今までナンバー2の称号は蛇沼一人のものだったのだ。今や、蛇沼にとって亮の存在は当然、妬《ねた》ましく目障りなものになっていた。

グループのメンバーが稼いだ金の一部は上納金として懐《ふところ》に入るため、金は面白いほど転がり込んでくる。

美雨と同棲する部屋を新しく借りることにした。マンションの六階。そこまでべらぼうに高い賃料の物件ではないが、今までの人生からすれば夢のような部屋であった。

美雨の兄の借金も肩代わりしてやった。それで彼女は夜の仕事は辞め、昼のエステ一本に専念することができた。

母への仕送りと、美雨との生活費も賄《まかな》えるほどにまで生活は豊かになっていた。

美雨はこの明るく清潔な新居がよっぽど気に入ったらしく、ウキウキしながら荷解《ほど》きをしている。

段ボール箱で埋め尽くされた部屋を見渡しながら「これから一緒にたくさん思い出作ろうね」と、はしゃぎ、百均グッズを駆使して小物の収納に張り切っている。引っ越しの準備の中で、二人の距離は一層縮まっていた。

そして、新居の鍵を手にした瞬間、二人の心は一つになった。

＊

統括役となった亮が直接、現場に出向くことはなくなった。

送迎の車もつくことになり、運転手には佐原を指名した。

騙し取った収穫品は様々な運び屋を経由し、手元へと運ばれてくる。

「亮くん、この手紙見てください。現金と一緒に入ってたんすけど」

佐原は鼻の頭を赤くしながら、便箋を渡してきた。

『かずと、やっとかずとの専門学校の学費、二百万円貯まりました。お金が無いからって夢を追うことを諦めたら絶対にダメ。夢を諦めるのは、新しい夢ができた時か、自分より大切なものができた時だけです。ばあばも若い時に、お金が無くて夢を諦めて後悔しているから。

来月からドラッグストアのレジ打ちのバイトも見つかりました。　ばあばより』

最後の『ばあばより』の文字が滲んでいた。手紙を書きながら涙をこぼしたのだろうか。

「俺、泣けてきちゃったっす」

佐原が洟を啜る音が聞こえる。だが亮は何も感じなかった。所詮、騙されるヤツが馬鹿なだけ。

「シュレッダーしとけ」


その時、ポケットの中でスマホが振動した。見ると母からの着信だった。

「もしもし、元気？　ちゃんとご飯食べてる？」

「おう」

「今月も仕送りありがとうね。でもお金大丈夫？」

「おう。大丈夫」

「お金はどうしているの？」

「今、頑張ってっからさ」

「そうなのね。良かったら今晩、家にご飯食べにおいでよ」

「ごめん仕事」

「そう……」

母に何か伝えようとしたが、喉に蓋をされたように声が出ない。声を振り絞り「悪いな」とだけ言い、下唇のささくれを噛んだ。

「身体にだけは気をつけてね。じゃあ」

プツンと電話が切れた。

車の窓を開けると冷たい風が流れ込んできた。風が髪を揺らした。先程噛んだ下唇のささくれから僅かに滲み出る血を舌で舐めた。

再びスマホが振動した。また母からの着信だった。

「それと、言い忘れたけど、もうこれからは私のことは気にしなくていいから。あんたは若いんだから、自分の好きなことをやって、自分の人生を生きなさいよ」

「どうしたんだよ。大丈夫か？」

「大丈夫」

母の声色《こわいろ》は何かを隠すように霞んでいた。

「大丈夫じゃねえじゃん」

「『大丈夫？』って聞いてくる人って、たいてい『大丈夫』って相手が言うのを期待しているのよね」

どう答えればいいか分からず言葉に詰まった。今まで聞いたことのない、突き放すような声だった。電話越しの母は今どんな表情をしているのか想像もつかなかった。また躁鬱症状がぶり返しているのだろうか。

「ねえ亮……」

「なんだよ」

「もしかして、あんたなんか悪いことしてる?」

母は小さく呟くように言った。

「んなわけねえだろ」

母のいつもとは違う声の重みに耐えかねて、取り繕うように明るく返した。

「なんの仕事してるの」

「別になんだっていいだろ」

「なんだって良くない」

その声から母がひどく動揺しているのが伝わってきた。感情を必死に抑え込もうとしているからか呼吸が荒い。

「私のせいだ」

母の重く悲しげな声が胸に突き刺さる。

心の中で何かが崩れる音がした。全ては母のために頑張っていることなのに、なんで理解してくれない。金があれば人生を変えられる。なんで分かってくれないんだ。

「道を間違えちゃダメよ」

プツン。電話を切った。

心の穴に風が吹き抜けた。

一体何が他の人と違うんだろう。何が俺を苦しめるんだろう。

「電話、お母さんっすか？　大丈夫っすか？」

運転席から佐原が心配そうに問いかけてくる。

何も言わず、窓に流れる街の風景をただ眺めていた。

＊

車を降りると、強い西陽が差していた。光の鋭さに、思わず目を細める。

「俺、車駐《と》めてくるっす」

「おう」

佐原に返事をして事務所のあるビルに入ろうとした瞬間、不意に誰かにトントンと肩を叩かれた。スーツ越しに胸ポケットの金をぎゅっと強く握った。呼吸が荒れる。筋肉は強《こわ》ばり、身体が硬直する。鼓動が耳にはっきりと聞こえる。

すると背後から「亮？」という声が聞こえた。

恐る恐る声の方を振り向いてみると、そこには匡平の姿があった。

「あー。やっぱ亮だ！」

「なんだ、匡平かよ。びっくりさせんなよ」

緊張から解放され、思わず電柱に手をつき身体を預けた。

「スーツだったから一瞬、別人かと思ったよ」

「あー。仕事でな。最近忙しくてさ」

この場を取り繕う言葉を頭の中で探り、聞かれてもいないのに早口で言葉を紡《つむ》ぐ。

「久々だね！　全然会ってくれないし、連絡もくれないから心配したよ」

「悪《わり》ぃ、仕事忙しくて」

「でも元気そうでよかった！　この後時間ある？　ご飯行こうよ！」

「まだ仕事あるから今度な」

「そっか……」

あまりに事務所の真ん前すぎて妙に気まずいものを感じる。

「ちょっと歩こうぜ」

そう言って事務所から離れるよう歩き始めた。途中にブランコと滑り台がある小さな公園があり、ベンチに二人で腰をかけた。

目の前では、ボールで遊ぶ子どもたちが元気に走り回っている。穏やかな風が吹く。

会話が途切れる。

「亮さ、なんの仕事してるの？」

匡平は子どもたちを眺めながら呟いた。

「金融系」

「凄いじゃん」

「そんなことねえよ。俺なんかが入れるレベルの会社だし」

ボールを追いかけ走り回る子どもたちを眺めた。煙草とライターをポケットから取り出す。

ライターのガスがなくなったのか火がつかなかった。

「そのブレスレット可愛いね」

苛立つようにライターを振る手首には、美雨とのお揃いのブレスレットが揺れる。

「あーこれ、彼女からお揃いで貰ったんだよ」

「えーめちゃくちゃ素敵じゃん。どれくらい付き合ってるの？」

「二年とかじゃね」

「ちゃんと長いね。今度、彼女さんに会わせてよ」

「機会があったらな」

再度、煙草にライターを近づけカチカチと着火を試みる。かろうじて小さな火がついた。

匡平はスマホを取り出しインスタのストーリーを開いた。

「ってかさ、この事件、知っている？」

スマホの画面を亮に見せ、呟いた。チラリとその画面を見る。

「おばあちゃんが詐欺で二百万円を騙し盗《と》られて自殺しちゃったんだって。可哀想すぎる。

亮はどう思う？」

「ん？　何が？」

「この詐欺のニュース。それも犯人はまだ捕まってないんだって」

煙草に火をつけながら「へえ」と、適当に相槌を打った。

「僕は絶対許せない」

「騙される側も問題あるんじゃね？」

「え？」

匡平は拍子抜けしたような声を出した。

「脇が甘いっつーか」

煙を吐きながら、片手で横腹をかいた。

「亮、なんか変わったね」

「そうか？」

三秒ほどの沈黙。

「嘘だよ。冗談、冗談」

その時、足元にボールが転がってきた。匡平は立ち上がりボールを拾う。そして子どもたちの方へボールを投げ返した。

ありがとう、と子どもがボールを受け取り、友達の方へ戻っていく。

心の中に歩道橋で再会した時の記憶が蘇る。あの日から変わってしまったこと、変わらないもの。

匡平に全てを打ち明けたいと思った。匡平にしか話せない胸の内を、偽りなく伝えたいと思った。そうすることで、一人で抱え込んでいた罪の意識や、葛藤が和《やわ》らぐ気がした。煙草を揉《も》み消す。

「匡平、実はさ……」

言いかけて言葉が出なくなった。口を開くも微かに声帯が震えて擦《かす》れた音が出るだけだった。心と身体が対立する。

「ん？　どうした？」

隣に座り直した匡平は真っ直ぐに見つめてきた。

組織内での立場は上がり、慕ってくる若手も増えていたが、そんなステータスなど関係ない。子どもの頃からの変わらぬ関係。今の汚れた自分を匡平は叱るだろうか。

「俺……」

その時、スマホが揺れた。すかさず確認すると、神龍からの着信だった。

「悪い。仕事戻るわ」

すぐに電話に出て立ち上がった。

背中に匡平からの視線を感じる。その視線は何か言いたげで、まるで熱い炎となって背中を焼き付けられるようだった。だが、確かめるために振り返ることはせず、その場を後にした。

神龍との電話が終わり、公園を出たところでベンチを振り返る。匡平はまだ座って考え事をしているようだった。

夕陽が公園のベンチを照らしている。

やがて匡平は立ち上がり駅に向かって歩き出した。その背中がどんどん遠くなっていく。

もしさっき正直に打ち明けていたら。その勇気が俺にあれば。後悔だけが込み上げた。

柔らかい光に照らされた影が伸びていく。

煙草を咥え、ライターを取り出すも火はつかなかった。むしゃくしゃして煙草を道路に投げ捨てた。

その間もずっと夕陽に照らされる匡平の背中を見続けている。

ビルの影が伸びて、二人の間を遮断する。

突き出したビルの軒《のき》が陽光を遮《さえぎ》り、周りは影になった。

遠くなった匡平が眩《まぶ》しいくらい夕陽に照らされている。

亮の周りにだけ深く暗い影。

光と影、二つにくっきりと塗り分けられていた。

＊

スマホが揺れた。知らない番号からだ。

「もしもし。浜谷《はまや》亮さんでしょうか？」

聞こえてきたのは低い男の声だった。決して愛想のいい声色ではない。

「そうっすけど」

「浜谷亮さんご本人で間違いないですね？」

「ええ」

「私、川崎警察署の者なのですが」

ヤバい。警察。

心臓が跳ね上がった。捕まるかもしれない。深呼吸をして、心を落ち着かせることだけに意識を集中させる。

「なんの用ですか？」

声が少しだけ震えた。相手に気づかれないように祈った。

「お母様がお亡くなりになりました」

その言葉の意味が理解できなかった。

言葉を失ったままその場に立ち尽くした。その後の声は全く耳に入ってこない。少しずつ咀嚼《そしやく》して理解しようとする。

亡くなった？　母が？　事故に巻き込まれたのか？　どういうことなんだ。意味が分からない。

母の家へ急いで向かった。佐原の運転する車に乗り込むも、道が渋滞していてなかなか進まない。ジリジリと苛立ちが湧き起こってくる。

「早くしろ」

やり場のない怒りを佐原にぶつけてしまう。渋滞は終わる気配がない。

「この渋滞じゃ無理っすよ」

「チッ。お前は何の役にも立たねえな」

運転席を後ろから蹴り飛ばす。佐原は押し黙っている。ハンドルを持つ手に力を入れたのか、血管が少し浮き出た。

「もうここで降ろせ」

「え、そんなこと言われても、車線変更もできないっすよ」

「うるせえ」

加速度的に込み上がる怒りと焦りをコントロールできないまま車を飛び降りた。

一番近い駅まで走った。「危険ですので駅構内は走らないでください」というアナウンスを聞き流して、母のもとへとただひたすら急ぐ。

やっとの思いで実家に着くと、床に横たわる母の姿があった。

顔に白い布が被せられている。生気を感じない、蠟《ろう》人形のような質感。異臭。

その場にいた警察官が静かに頭を下げる。そして母に向かい手を合わせた。

こたつの上には大量の酒の空き瓶。床には錠剤が散乱していた。検死の結果、死因は薬の大量摂取による自殺と特定された。

今までざわざわと動いていた心が一度に凝結した。後退《あとずさ》りすると何かを踏みつけたらしく、足の裏に痛みを感じる。拾い上げて掌に載せる。

チリンチリン。

赤いショルダーバッグにつけてあった星形の鈴のストラップ。プレゼントした手作りのストラップ。ずっと母はそれを肌身離さずつけていた。鈴の音が胸を突き刺し、鳴り続ける。

ストラップを強く握りしめたまま、膝から崩れ落ちた。


母と電話で喧嘩別れしたあの日。直接会ってあげれば良かった。尖った言葉ではなく、心の奥にある母への愛を伝えれば良かった。

母の孤独を感じながら気づかないふりをしてしまった。その場面が何度も頭の中で再生される。後悔だけが重くのしかかる。

部屋には色んな音が聞こえてくる。車の走行音、風の音、子どもがはしゃぐ声、自分の心の声。

心の穴は依然として塞がらない。心の中が手付かずのジグソーパズルのように混沌としている。どこにどのピースをはめれば心は落ち着くのだろう。どんな一枚の絵になるのだろう。今は何も見えそうにない。

＊

ここ最近、冷たい雨が続いている。

空にいる母の未練なのだろうか。部屋の中にいても雨音が耳鳴りのように絶え間なく頭の奥で響いている。

荷物の整理などやることはたくさんあるが、何も手につかなかった。荷物を処分するたびに、母が生きていた痕跡を消していくようで、気持ちが乗らなかった。

美雨が心配し、葬式も火葬も仏壇も納骨の手配も全部献身的に行ってくれた。喪失感の中、漠然とコイツのことは大切にしないとな、と強く思った。

そんな時、部屋のインターホンが鳴った。

玄関を開けると、そこにはスーツ姿の神龍が一人立っていた。

「神龍さん」

「中入っていいか?」

神龍はそう言うと、家の中に入ってきた。

突然の訪問に、戸惑いを隠せない。散らかったままの室内。

「線香、あげてもいいか?」

「あ、はい」

神龍は線香をあげ、静かに手を合わせた。

暫くの沈黙。

「大変だったな」

仏壇に向いたまま背中で語り始めた。

「お前の気持ち分かるよ」

その言葉は重かった。軽く口から出た言葉ではないことが分かった。

「だから、俺はこの組織を作った」

ただ黙って聞いていた。神龍はゆっくり話し続ける。

「俺は身内以外、誰のことも信用しない。腐った人生を終わらせるために、仲間を集めた」

部屋に漂う線香の煙が、静寂の中に染み渡る。

「稼いだ金から毎年『ソレイユ学園』に寄付している」

「え？」

神龍は黙り込んだ。長い沈黙が流れた。

「誰かを傷つけた手だけど、誰かを守りてえんだ」

静けさを切り裂いたその声は少し震えていた。ずっと仏壇の方を向いていて、顔は見えなかったが、沈鬱《ちんうつ》な表情が想像できた。

「矛盾しているよな。でもそんな時にお前に会った。昔の俺を見ているようだった」

振り向き煙草を差し出してきた。亮はそれを受け取り、互いに煙草を口に挟んだ。ライターで神龍の煙草に火をつける。神龍はそのライターを受け取り、亮の口元へ火を運ぶ。頭を軽く下げながら差し出された火に煙草を近づけた。

二人は無言のまま、煙がゆっくりと漂う中で向かい合って座っていた。

お互いの視線が交わることなく、それぞれの思考に沈み込んでいる。二人だけの空間。外の世界から切り離されたような、特別な時間が流れていた。

神龍は息を大きく吸い込み、長く吐き出す。その時、彼の眼差しが亮に向けられた。だが、すぐまた目を逸らし、煙草の灰を落とす。沈黙の中に隠された感情が、煙とともに消えていく。だが、神龍の内側に触れたような神秘的で濃密な雰囲気がそこにあった。

「急に邪魔して悪かったな」

そっと厚い茶封筒を仏壇に置き、手を合わせた。

そして、ゆっくりと玄関へと向かった。その背中は大きかった。

「神龍さん、本当にありがとうございます……」

言葉に詰まりながら、深く頭を下げた。

神龍がガチャッと扉を開けた途端、外から襲いかかるような雨の音がした。雨足がますます強くなっていた。

開いた扉の先に、一人の男の姿があった。

そこに立っていたのは匡平だった。チャイムを鳴らそうとしたら玄関の扉が開いたことに驚いたのか、目を丸くしている。

神龍は革靴を履き、家を出ようとする。だが、匡平が玄関に立ち尽くしたままなので、外に出られない様子だった。

匡平と神龍は目を合わせた。神龍は横目で見て、匡平は真っ直ぐな視線で捉えていた。二人は会釈をする。匡平が「あ、すみません」と道を譲り、神龍が家を出ていった。

「母さん、匡平が来てくれたよ」仏壇に語りかけた。

匡平も続いて仏壇の前で手を合わせた。

そして線香に火をつけ、お鈴《りん》の縁を棒で叩いた。チーンと澄んだ音が部屋に響いた。お鈴の音に雨音が吸い込まれ静寂が訪れた。

＊

無常にも時は流れる。リビングの時計の針の音が部屋に静かに響き渡る。

美雨は会話のきっかけを探しているようだった。そんな時、彼女は突然立ち上がった。

「ちょっと待ってて」と言い残し、クローゼットに向かった。

暫くして手に持って戻ってきたのはジェンガの箱だった。慎重にテーブルの上にブロックを積み上げた。

「考え込むの終わり。ジェンガしよ」美雨は明るい笑顔で言った。

ジェンガを手に取る。

そのたびに、過去の記憶が蘇るような感覚になった。昔は一瞬一瞬が苦痛だった。しかし、今ではそれらの出来事も一つの経験に過ぎない。時間が経つと物事の見え方が全く変わる。

思い出は足し算ではなく、ジェンガのように引き算なのかもしれないとふと感じた。

「私がいるよ。そんな顔しないで」

そう言う美雨の瞳には既に涙が溜まっていた。

「亮くんが辛いと私も辛い」

唇を震わせながら、かすれた声で言った。

「なんでお前が泣いてんだよ」

「亮くん消えちゃいそうだから」

その瞬間、自分の痛み以上に美雨の心が傷ついていることを感じた。辛い時にはその痛みを一緒に背負い、支えようとする。そして幸せな時には、その幸せを倍増させてくれる。二人は感情を共有し、補完し合っているのだろうか。

何も言い返さないでいると、美雨が真っ直ぐに見つめてきた。ジェンガに目を逸らす。不安定にそびえ立っている。真ん中あたりのピースを引き抜こうとした時、ジェンガはバランスを崩し、大きな音を立て崩れ落ちた。思い思いの場所へ散っていく。そこには塔なんて最初からなかったかのように残骸だけがあたり一面に四散《しさん》している。

「こんなに毎日一緒にいるのに、好きが大きくなっていく」

美雨は散らばったジェンガの一片を手に取って微笑んだ。

「亮くんの幸せのために、これからも生きていきたい」

床に散らばった木片をひとつひとつ拾い始めた。

「亮くん、実はね」

拾い集める手をとめて、くるりと振り返った。だが、すぐ目を逸らした。

「ううん、なんでもない」

木片を全て回収し、元の箱に入れ始める。

「喜んでくれるか分からないから、怖い」

「どうした?」

美雨はなかなか口を開こうとしなかった。

その沈黙に、亮は落ち着かない違和感とともに苛立ちを募らせていった。時計の秒針が時を刻む音を心の中で数えていた。

「あのね」

唇が小さく動いた。声は震えていたが、強い決意の色が浮かんでいるように聞こえた。

「……赤ちゃんができたの」

その言葉は部屋の空気を一変させる力を持っていた。

喜びたい。でも、素直に喜べない自分がいる。

「だから、もう怖いお仕事はやめてほしい」

胸の中が乱れる。言葉が詰まって出てこない。視線を彷徨《さまよ》わせ、頭の中で様々な思いが交錯するが言葉が見つからない。時間を稼ぐように大きく息を吐いた。

「普通の人生を送ろう」

美雨が哀願する表情で語りかける。その声はかすれ、彼女の戸惑いをそのまま映し出していた。

今この状態でかけるべきなのは優しい言葉だとは頭では分かっている。だが、言葉にすることができない。

美雨も、重い沈黙に少し焦りを感じているように思える。

「子どものためにも、お願いだよ」

もちろん足を洗い、普通の人生を選んだ方がいいことは分かっている。だが、一度乗ってしまったこの猛スピードで走るジェットコースターを、途中で降りることは不可能に決まっている。むしろ振り落とされないよう、しがみつくのに必死なくらいなのだ。

途中で無理に飛び降りようとすることは死を意味する。

「とびっきりの幸せじゃなくていいから、普通の幸せを二人で大切にしようよ」

美雨の言葉が胸に突き刺さるたび、思考がぐるぐると回り始める。

そんなこと言われたって無理だって。今更どうしようもないんだって。なんで分かんねぇんだよ。ってかそれくらい分かれよ。

次第に胸の奥底からやり場のない苛立ちがじわじわと湧き上がってきた。瞬く間に心の中を苛立ちの火種が覆い尽くしていた。

「ねえ亮くん！」

苛立ちは怒りへと変わっていった。うるせえ。呼吸が荒くなる。

「人騙して心が痛まないの？　間違ってるよ！」

美雨は震える手で頬に触れてきた。その目には涙が浮かんでいる。

だが、触れられた瞬間、頭の中で何かが切れた。火種は導火線に引火し、怒りが一瞬にして燃え盛った。

「うるせえな！」

怒りは頂点に達し、頬に添えられた彼女の手を乱暴に振り払った。それでも激しい感情は収まることなく、力の限り手首を握りしめた。込み上げる心の震えを全てぶつけた。美雨の手首についているお揃いのブレスレットが、肉に食い込んでいった。

「痛い！　やめて！」

「黙れ！」

抵抗する身体を思いっきり突き飛ばした。その衝撃で勢いよく床に倒れ込んだ美雨は、膝を抱えてうずくまり、下を向いている。そして、恐怖でブルブルと小刻みに身体を震わせ、部屋の隅に身を寄せた。

その顔が苦痛で歪むのを見て、初めて自分の行動に気づいた。途端に深い後悔が押し寄せた。隅で震える姿を見て急いで駆け寄る。背中に手を添えた。

「ごめん」

美雨は震える手で必死に身を守るように小さくしゃがみ込んでいた。その瞳には恐怖の色が浮かんでいる。

自分がしてしまったことの重大さを思い知らされた。

心の炎は全てを燃やし尽くし、灰になった。

「美雨を幸せにしてえよ。幸せにしてえけど、分かってくれよ。な？　今更どうしようもねえんだよ」

美雨の頬を撫でようとしたが、彼女はその手を振り払った。

そして、涙を隠しながら立ち上がり、クローゼットへと向かった。下着や小物など私物をまとめ始める。そして、それらをカバンに無造作に放り込んでいく。

それを黙って見守ることしかできなかった。あれだけ触れてきた肌がまるで他人のように、触れたくても触れられないほど遠くに感じられる。

美雨は無言のまま荷物をまとめ、何も言わず玄関に向かった。

「待ってくれよ。なぁ！」

慌てて玄関に向かい引き止める。

美雨が振り返る。その目は今にも涙が溢れ出しそうだった。唇を震わせ、最後の力を振り絞っている。吐息が漏れた。

「今までありがとう」

「…………」

「でも、今の亮くんとは一緒にいられない」

「…………」

「ご飯ちゃんと食べてね。亮くんカップ麺ばっかりで、すぐ身体壊しちゃうから……」

言葉を紡ぐたびに、喉が詰まるように、声を震わせながら言った。

「亮くんは責任感が強くて、一人で背負い込みすぎちゃうけど……無理しすぎないんだよ」

頬を伝う涙。それでも無理して笑おうとしている。

「……もっと自分を大切にしてね」

バタン。

美雨は家を出ていった。

荒れ果てた部屋で、壁に背中を預け崩れ落ちた。

＊

三十歳になる頃には、亮のグループは勢力的に蛇沼派に追いついていた。

懐には面白いように大金が転がり込んでくる。だが、仕事が順調に進めば進むほど孤独が浮き彫りになる。使いきれないほどの金も孤独を埋めてはくれなかった。

あれほど慕ってくれていた佐原も最近は妙によそよそしく、亮を避けるような仕草をとることが増えていた。

夜な夜な派手な飲み会を繰り返したりもした。一夜だけの男女の関係もあった。でも、違う女と向き合うたびに美雨と重ね、比べてしまう。美雨となら自分を偽らずに生きていられた。彼女がいなくなってから時間はどこまでも虚しいままに流れていく。

あの時、結婚していれば今頃どうなっていただろう。狭いアパートで子どもに振り回されながらも、親子三人楽しく過ごしていただろうか。もしそれを選んでいれば、人並みの幸せに満足できていたのかもしれない。

匡平や佐原、大切な人と距離が生まれるのと引き換えに、自分の周りに集まってくるのは、見え透いた笑顔で追従してくる者ばかり。立場が上がるほど、真の友は遠ざかり、利害に敏感なヤツらだけがまるで腐肉に群がる銀蠅《ぎんばえ》のように近寄ってくる。

孤独を埋めようとして、飲み会に顔を出し、浅い上辺だけの交友関係を築いていく。そして自分を潰すようにアルコールを体内に流し込む。以前なら足を踏み入れない場所に行き、ハメを外すことも増えた。昔はクラブのきらびやかな空気に飲み込まれていたのに、今ではＶＩＰ席を貸し切り、馬鹿騒ぎしながら酒を呷る自分がいる。音楽も人のざわめきも、何も心に響かない。

想い描いていた未来と全然違った。

金を持ち、立場が上がれば、全てがうまくいくと思っていた。

でも、実際には孤独感が増すばかりだった。

満たされた今の生活より、地獄のような少年期に垣間見た母の笑顔に懐かしい温かみを感じている自分自身が何か不思議な存在に思えた。

もしあの時、違う選択をしていれば。

そんなことは飽きるほど考えた。過ぎ去った時間は戻ってこないことも痛いほど分かっている。今更考えても仕方のない後悔ばかりが脳裏に浮かんでしまう。どうにか気持ちに折り合いをつけようと試みるが、そのたびに虚しさだけが残った。

その間も世の中は大河が流れるようにゆっくりと、しかし確実に動き続けている。

春風が窓を揺らし、微かに音を立てている。

ふと窓の外を見てみる。

桜の花びらがヒラヒラと舞っていた。


この桜は美雨と見たかった。

＊

夜八時頃に蛇沼から、今から会えないかと電話があった。

家を出ると路肩に黒のレクサスが停車していた。車に近づくとフルスモークの窓が開いた。

「こんな時間に悪いね。乗って」

ドアを開けると、蛇沼はリクライニングを倒したシートに身体を預けていた。乗り込むと車内はいつもの甘ったるいにおいがした。

「亮くんお疲れ様です」

運転手の男がバックミラー越しに馴《な》れ馴れしく声をかけてきた。すかさず横から蛇沼が合いの手を入れる。

「そうそう最近、佐原くんが俺の運転手になってくれて助かっているよ」

久しぶりに顔を合わせた佐原の胸元には、金の喜平チェーンが誇らしげに輝いている。以前よりも垢抜《あかぬ》けたというか、羽振りの良さが窺える身なりをしていた。下品な金の見せびらかし方だと思った。

「……お前、そっちについたのか」

窓ガラスに貼りついた桜の花びらを無表情に眺めながら言った。

車を走らせることもなく、ずっと路肩に停車したままだ。

「で、早速本題に入るんだけど」

蛇沼が言葉を挟んだ。恐らく車内でしか話せない内容なのだと警戒しながら聞き耳をたてた。

「神龍さんからの大きな案件があって。億の金が動くかもしれないんだ」

蛇沼はリクライニングから身体を起こした。

フロントガラス越しにヘッドライトの残影が車の走行音とともに現れては消えていく。事態を把握し静かに頷いた。

「土地の売買契約が決まりそうでさ。後は客の実印さえ手に入れば数億の金が入る」

「それで俺にどうしろと?」

「この案件は組織の命運がかかっている。絶対にヘマできない。ここは一番信頼できるキミにお願いしたいと思っている。どうかな？」

悪い話ではないなと思った。ここで数億の実績を作ることができれば、神龍会の後継者に文句なしで推薦される。神龍の信頼や、後輩からの人望においては自分が勝っている自信はあったが、実績の部分で劣っている壁を、この一件で越えられるかもしれない。

「悪くない」そう言って一つ大きく息を吐いた。

蛇沼は腕を組んだまま、視線を逸らした。

その瞳にはどこか、逡巡の光がうごめいているのを感じた。

二日後、幹部会が行われた。

そこでの神龍の発言が、グループ内に大きな波紋を生むことになった。

まず、神龍が顧問に立場を変えることを宣言した。顧問というと大仰だが、実際には現役引退を意味する。一定の上納金を納めさえすれば、後は組織をどう動かそうと現場の判断に委ねるというものであった。

そこで神龍が後継者候補に選んだのは、蛇沼と亮の二人だった。後継者の選定基準は総合的に判断するとのことだ。

野心に火がついた。蛇沼グループより人員が多く、億の案件を抱える今、どの分野においても負ける気がしなかった。

それとは裏腹に神龍の言葉を前に蛇沼は目を大きく見開き、呆気に取られているようだった。彼は自分が後継に指名されるものだと今の今まで確信していたのだろう。その姿を見て声を立てずに小さく笑った。

幹部会の後、蛇沼は擦り寄ってきた。

「あの件、こんなことになるならキミに振らなければ良かった。もう今更、取り消しってのはできないかな?」

その目は深い後悔に苛《さいな》まれているように見えた。

「自分の発言に責任を持てよ」

目を合わせることもなく吐き捨てるように言い放ち、その場を立ち去った。

蛇沼は俯《うつむ》き気味にその場に立ち尽くしていた。

＊

約束通り蛇沼から案件の詳細がテレグラムで送られてきた。

現場は上北沢《かみきたざわ》駅から歩いて五分ほどの一軒家だった。上北沢の駅前は毎年、桜並木が春を彩る。知る人ぞ知る桜の名所であり土地の価格は年々上昇している。

午後五時を知らせる街頭のチャイムが商店街に響き渡る。家路を急ぐ子どもたちが亮の乗る車の脇をすり抜ける。

後輩たちに指定の一軒家周辺を隈なく調査させた。カーテンの種類やその開き具合まで時間が許す限り、目を凝らして確認させた。カーテンが開いていたら、住人が家の中にいる可能性が高い。レースのカーテンだと、こちらからは分からなくても家の中から外の様子を見られている可能性がある。後輩たちへの近辺調査の指示は周囲のパーキングの車にまで及んだ。駐車している車でも、中に人が乗っていれば、目撃情報を握られやすくなってしまう。私服警官が張り込んでいる可能性もゼロではない。

徹底的に調べた結果、問題なさそうとの報告が入り、亮はターゲットの一軒家の手前で車を降りた。家の前で駐車していたら足がつく恐れがあるため車両は少し離れた別の場所に移動させた。

空を見上げると、赤く大きな夕陽が家並の向こうに傾いていた。

玄関のベルを押す。チャイムの音がやけに大きく感じる。

「はーい」

小柄で痩せた婆さんがよろよろと玄関先に出てきた。

「近藤《こんどう》からお話を預かりました、仲介の鈴木《すずき》と申します。不動産の件に関する書類のことでお伺いさせていただきました」

招き入れられて玄関の土間に歩を進めると、古びた木のにおいがした。

「不動産？」

婆さんは首をかしげた。

「はい。私の方で代理で担当させていただきます」

「ごめんなさいね、もう歳で忘れっぽくて」

婆さんの表情がみるみる曇っていく。

「近藤という者と先日お話をしませんでしたか？」

「んーそんな話したかしら」

どういうことだ。何が起きている。

不安をかき立てられる中、話を長引かせるのはマズいと思い、早々に切り上げることも考えた。だが、あっさり話を切り上げることは、億の金を手放すということでもある。慎重に見極めたいところだった。

「申し訳ございません。すぐに担当の者に再度確認させていただきます」

深々と頭を下げた。脇の下がじっとり汗ばんでいるのを感じた。

「私も通話記録があったか確認してきます」

疑い始めている。これ以上引っ張るのはマズい。

「いえ、こちらで確認し、また後日お伺いさせていただきます」

「ダメよぉ。ボケたおばあちゃんのせいでそんなご足労申し訳ないわ。ここでお待ちになっていて」

屈託なく笑いながら婆さんは、廊下の先にある居間の方へ戻っていった。

クソ。すぐにでも身を引きたいところだ。だが、本当に婆さんが忘れているだけだとしたら、ここで億の金を手放すには惜しい。心に迷いが生じる。

すぐに上がり框《がまち》に背を向け、蛇沼に電話をかけた。ブルートゥースのイヤホン越しに呼び出し音が鳴り響く。プルル、プルル。早く出ろ。早く電話に出ろ。苛立ちを隠せない。暫く呼び出し音が続いた後、蛇沼はようやく電話に出た。

「客に話が通ってねえじゃねえかよ」

ターゲットの手前、声量を極限まで下げた。怒りは抑えきれず、歯を食いしばった。だが、返答がない。早くなんとか言え。一秒が永遠に感じられる。

「おい、なにが起きてんだよ。なんとか言えよ！」

ターゲットがすぐそこにいることを忘れ、声を荒らげた。言った後に口元を手で覆い声を殺した。

電話の向こうでクックックッと喉の奥から絞り出す笑い声。

「もう俺は終わった」

蛇沼の言葉に嫌な胸騒ぎを感じる。心臓が痛い。次に続く言葉を待った。はぁはぁと荒い息遣いが聞こえる。

「神龍会もキミも道連れ」

「は?」

蛇沼はシラフではないのか、激しい息切れと呂律が回らない喋り方をしている。

「事務所の金と名簿パクっちゃった。まじウケる。ハハハ」

手のひらの汗がじっとりと感じられ、心拍が速まっていくのを止められない。

「おい! どういうことだよ!」

「神龍さんも冗談キツいよ。跡目は俺様しかいないでしょ。俺がどんだけアイツの靴を舐めてきたと思ってんだ。どんだけ手を汚したか。ふざけんな!」

ハメられた。

頭の中に蛇沼が逃走していく情景がくっきりと浮かんでくる。

「失ってから気づくんだろうね。俺の存在の大切さに」

蛇沼は独り言のように話し続けた。

「じきにキミのところに警察来るから」

その時、電話越しに複数の人間が蛇沼の部屋に入ってきた気配を感じた。重々しい足音が響く。

それと同時に何かに怯えるように蛇沼の息遣いがさらに荒く乱れた。

「待って……」

蛇沼の声が震える。

息を呑み、耳に意識を集中させる。

ボグッ。

骨が破壊されるような鈍い音がした。時間が止まったかのように凍りつき、身体が硬直する。

電話口から人が倒れる音が聞こえ、その後は「ククッ……カッ……」と不規則に吐き出される弱々しい呼吸音だけが残った。

「おい、どうした！　大丈夫か！」

先程のどこか不吉な鈍い音が耳にこびりついて離れない。

何度も声を投げかけた。だが、返答は無かった。その残響が耳に谺するだけだった。

その時、ガサガサと通話の音声が乱れた。

「お前は裏切らないよな？」

電話に出たのは神龍だった。

その声は重たく鋭かった。

声が出ない。声を出そうとしても、吐息が隙間風のように弱々しく出るだけで、まるで声帯を切り取られたような感じがした。


呆然としていると、廊下の奥から婆さんが怯えながら、じわりじわりと近づいてきていた。用心深い野良猫のように少しずつ距離を詰めてくる。

「あなた、一体誰なの？」

婆さんは震えながら言った。その猜疑心に満ちた目を見て、完全にこの仕事の続行は不可能だと確信した。早く逃げなければ。

玄関のドアに手をかける。

すると、婆さんは手を掴んできた。亮はそれを乱暴に振り払おうとする。

婆さんと揉み合う拍子に、美雨から誕生日プレゼントでもらったお揃いのブレスレットが

だ。
力任せに婆さんを突き飛ばした。その衝撃で婆さんは後ろによろけ、廊下の床に倒れ込ん
千切《ちぎ》れて、土間に落ちた。

「誰か助けて！　助けてちょうだい！」

婆さんは必死になって助けを求め大声を上げた。街中に響き渡るような叫び声。喉の血管が浮き出ている。口を鯉《こい》のようにパクパクとさせ、過剰なまでに呼吸を繰り返す。

「助けてー。警察！　誰かー」

頼む、大声を出すのをやめろ。黙れ。

身体も心も極度の緊張状態に支配される中で、走馬灯《そうまとう》のように今までの思い出がヘドロのように混ざり合っていく。

大切なモノが次々と壊れていく。

現実には目の前に助けを求め喚き叫ぶ婆さんがいる。

回想していた時間は恐らくほんの一秒程度だろう。

それに続き、抑えきれない衝動が瞬時に、真っ黒い心の穴に向かって雪崩《なだれ》のように流れ込んでくる。焦り、怒り、不安。感情がどす黒い渦の中に沈み、現実が見えなくなる。

なんでこうなる。なんでいつも俺だけ。クソ。クソ。クソ。

自分では抑えることのできない感情が引き金になり、プチンと心の中でなにかが切れる音が聞こえた。

気が付くと、亮は婆さんに馬乗りになっていた。そして、首を絞め叫び声を封じた。

その時、父の記憶が乗り移ってくるような感覚に陥った。苦痛に歪む婆さんの顔と、父の顔がスクランブルする。焦点の定まらない笑みを浮かべる父の顔が、暗い心の穴の奥底から見つめている。父の目からは涙が溢れ出ている。

やめろ。

父の存在を消そうと、首を絞める手の力がさらに強くなる。

お前のせいで人生を狂わされてきたんだ。お前さえいなければ、今の俺とは全く違う人生の選択肢があったんだ。生まれながらに選ぶ道が制限されることもなかった。

過去の呪縛を断ち切るために、幻想に浮かぶ父の首を両手で力一杯絞めた。婆さんは必死に手足をバタバタと床に打ち付け喚いている。手を床に叩きつける音と振動が、徐々に小さくなっていく。やがて手足の動きが完全に止まった。

パトカーのサイレン音が遠くから聞こえる。

その音とともに父の姿は消えた。我に返った時に待ち受けていた現実は、息絶え横たわる婆さんの姿。白目を剝き、舌がダラリと垂れ下がっている。

全身の震えが止まらなくなった。違う。俺は過去の呪縛を断ち切るために父の首を絞めていたのだ。決してあんたを傷つけようとしたわけじゃない。呼吸を確認する。頼むから生きていてくれ。

「おい！　息しろ！　頼むから！」

その願いは虚しく、婆さんは何も反応しない。

次第に外のサイレン音が近づいてくるのが分かった。

早くこの場を離れなければ。横たわる婆さんを一目見て、強く目をつぶる。心の中で手を合わせ、家を飛び出した。


走った。走って、走って、走りまくった。風が顔を叩く。汗が額に滴り落ちる。

細い路地を抜けた先は踏切で、下りた遮断機に道を塞がれていた。

脇道もない細い一方通行の道路。線路を見ると特急電車がすぐ近くまで迫ってきている。

線路を今、渡って逃走するのは不可能だ。レールの振動が足元に伝わってくる。電車の轟音《ごうおん》、踏切の警報音が鼓膜を引き裂くほど大きく響く。

線路沿いに咲く桜の花びらが電車の風になびき、吹き上がる。

夕陽で街は朱色に染まっている。

どうしてこうなった。いつからだ。

大切な人を守ろうとして全力を尽くしてきた。

けど、何故か一人また一人と去っていく。

俺はどこでなにを間違えたんだ。

なぁ美雨元気か？

やっぱり俺には生きている意味なんてなかったよ。

これまでだ。

自分の人生に終止符を打つことを覚悟した。もはや逃れることのできない絶望感と苦悩に満ちた決断だった。

巨大な鉄の塊が地面を揺るがし近づいてくる様子を目《ま》の当たりにし、息を呑んだ。

そして目をつぶり、踏切の遮断機をまたいだ。電車に近づくにつれて風が増して吹き抜けていく。

次の瞬間、誰かに背中を引っ張られた。その力強い手が亮の身体を強く引き戻した。

目と鼻の先の距離を凄《すさ》まじい速さで電車が通り過ぎて行った。

亮はそのまま力なく地面に叩きつけられた。砂利が背中に食い込み、息が詰まるような痛みが駆け巡る。

警官が手錠を取り出した。

ガチャン、冷たい金属音が響き、手錠をかけられた。手錠の軋む音が耳に残った。そして息を荒らげながら、顔を上げた。

手錠をかけた警官の顔を見て、目を見開き一切の動きを止めた。

四

匡平は亮の手首に手錠をかけた。

亮と目があった瞬間、世界から全ての音が消えた。桜の花びらが地面に落ちる速度がスローモーションのように感じる。

「匡平……」

亮が震える声で呟く。その目には涙がじわりと浮かび始めた。まぶたの縁で今にも溢れそうに揺れている。顔が微かに歪みだす。

「死んだら終わりだよ……」

冷たい春風が頬を撫でる。地面には汚れて本来の色を失った花びらが、そこが桜の墓地ででもあるかのように積もっている。

「亮みたいに、人を救える人間になりたいと思って……僕は警察官になった」

心の中で激しい感情が渦巻くのを感じたが、それを押し殺して、冷静な声で言葉を紡いだ。

それを聞いて亮は手錠に繋がれた両手で顔を押さえた。その身体が小刻みに震えだした。過呼吸気味にはぁ、はぁと荒い息が漏れ出していた。

匡平は表情を隠すように、制帽を深く被り直した。

「全部分かっていたよ」

偶然を装って神龍会の事務所前で亮と出会った時も。亮の母に線香をあげに行った時、玄関先ですれ違った男が神龍だということも。

そして、緊急通報があり駆けつけた被害者宅の玄関に亮が彼女とお揃いでつけていたブレスレットが千切れて落ちていたこと。

最初は信じられなかった。信じたくないと必死に目を背けていた。だけど、全て現実だった。

親友に手錠をかけなければいけない日が来るなんて。

友情と職務の狭間《はざま》で不安定に揺れ動く感情を押し殺しながら、冷たい手錠をかける瞬間、胸が痛んだ。

これが正しい選択なのか。

自問自答しながらも、職務を全《まっと》うするしかなかった。

唯一無二の親友。

「こうなる前に救ってあげられなくてごめんね」

亮の頬に一筋の涙がゆっくりと滑り落ちる。涙が頬の下に辿り着くと、その重みに耐えきれず、次々と滴り落ちていった。

その顔がやけに眩しくて。霞んで見えて。一瞬が永遠に感じられた。

夕陽が亮の輪郭を包み込み、長く伸びた影が地面に映し出される。二人の影は徐々に伸び、重なり合っていく。すぐ隣にいるのに、どこか遠くに感じられる。

桜の花びらが風に乗って空へと舞い上がる。花びらは暮色に溶け込み見えなくなった。

空には半透明の三日月。そのすぐ隣には寄り添うように一番星が小さく輝いていた。

今日の空はいつもより近く感じられた。手を伸ばせば、月も星も掴めるのではないかと思うほど空は澄んでいた。

独りで輝く一番星という名の匡平。そんな匡平を優しく見守る月という名の亮。孤独に輝き続けていた二人のいびつな繋がり。それが愛おしくて。言葉もなく空をただただ見つめ続けた。

都会は月と星にとって輝きづらい場所なのかもしれない。だが、夜の灯りに霞む三日月にも、散った桜にもその先はある。時が経てば、また月は満ち、桜は蕾《つぼみ》を膨らませる。

だから、これが終わりだと思わないでほしい。

――亮に分かってほしい。いつでも僕は亮の空にいる。孤独を感じても、僕がいることを忘れないでほしい。

一つの失敗さえも許してもらえない今のこの時代。

真意を知ろうとせずただ責め立て、過ちを興味本位に匿名《とくめい》で袋叩きにする生きづらい世の中。

孤独と向き合わなければ生きていけない社会。

その重圧に押し潰され、自分の居場所を見失ってしまう人もいる。

でも、広がる空の下、あなたを愛してくれる人は絶対にいる。

亮。

生きて。

生きることを諦めないでよ。

だって、あの時僕に言ってくれたでしょ。

「生きてさえいれば、やり直せるから」

亮は手錠をかけられた両手で、必死にもがきながら匡平の足にしがみついてきた。顔は涙と汗でぐちゃぐちゃに濡れていた。

悲鳴とも、怒号とも言えない亮の叫び声が響く。腹の底から突き上げてくる、この世のものとは思えない絶叫。

「匡平ごめん！」

全身を震わせ、心の深淵《しんえん》をさらけ出すように、全てを懸けて叫んでいた。

「ごめん！」

涙も鼻水も汗も滴り落ちる。世の中の不条理に翻弄されながら生きてきた苦しみと、無念さがその瞳に宿っていた。

そんな顔しないで。大丈夫。大丈夫だから。一緒に償おう。

亮の心に語りかける。優しく微笑みかけ、亮の頬にそっと手を伸ばす。


次の瞬間、パトカーのけたたましいサイレン音が二人を現実の世界へと呼び戻した。サイレン音とともに赤いランプが激しく点滅している。

その場面を目の当たりにした二人の警官がパトカーを降りるなり急いで駆け寄り、亮を止めようとした。

「なにしてるんだ！　やめなさい！」彼らの叫び声が響く。

それでも亮は必死にしがみつき続けた。指先は匡平の服をしっかりと掴んで放さなかった。

それを警官が強引に引き離そうとする。

「ごめんな匡平。ごめん」

警官はさらに力を込めた。亮は身体を振り乱して抵抗していたが、警官の力には抗えず、無理矢理引き離されてしまう。

「匡平ー！」

その叫び声も虚しく、二人の距離が次第に広がっていく。引き離される中で、亮の瞳は匡平を捉え続けた。まるで視線だけでも繋がっていたいという思いを断ち切れないかのように。

次第に亮の抵抗する力が弱まっていった。

徐々に力が抜けて、静かな絶望と諦めの表情へと変わっていった。

匡平は奥歯を強く噛んだ。

＊

街の雑音が徐々に耳に入ってきた。

遠くで車のクラクションが何度か短く鳴り響く。

道行く人々が立ち止まり、一瞥《いちべつ》してはすぐに視線を逸らす。

亮をパトカーへと導く一歩一歩は重かった。警光灯が亮を赤く染め上げる。

そして、パトカーの後部座席に亮を乗せ、匡平も黙ってそれに続いた。

パトカーの扉を閉めようとした時、どこからか、一片の桜の花びらが舞い落ちてきた。

花びらが落ちないよう、掌でそれを強く握りしめた。

＊

匡平は車窓から景色を眺めていた。遠くにそびえ立つ新宿《しんじゅく》のビル群がゆっくりと流れていく。

たった今、夕陽が沈みきった。ただ残光だけが名残り惜し気に最後の力を振り絞るように美しく空を彩っている。

なんの意味も見出せなかった世界が、あなたのおかげで生きるに値するかけがえのない世界に変わった。

生きぬく強さを知ったあの歩道橋。

あの月と星。

その全てが。

ビルが林立する街中にパトカーが差し掛かる。その谷間に深い影が落ち、車内は瞬く間に薄暗くなった。

亮の顔にビルの影が重なる。

手錠のかかった亮の手にそっと触れた。

亮がゆっくりと口を開く。

「俺、どこで間違えたかな……」


車はビルの影から抜け出し、車内に柔らかな光が差し込んだ。

そのまま車は光に向かって進んでいった。

参考文献

・『プロレタリア芸人』本坊元児（扶桑社）
・『老人喰い——高齢者を狙う詐欺の正体』鈴木大介（ちくま新書）

P3　※ウィリアム・シェイクスピアの言葉として広まっているが、出典等詳細は不明。

著者

岩谷翔吾（THE RAMPAGE）

Shogo Iwaya

1997年生まれ。大阪府出身。2017年、THE RAMPAGEのパフォーマーとして1stシングル「Lightning」でメジャーデビュー。ダンス以外にも活動の場を広げ、俳優としてドラマや舞台への出演、朗読劇の脚本や演出、読書情報誌「青春と読書」での連載など、多方面で活躍中。また、読書だけではなく、日本将棋連盟三段や、実用マナー検定準1級の資格を取得するなど趣味が多いことで知られる。本書が作家デビュー作となる。

原案

横浜流星

Ryusei Yokohama

1996年生まれ。神奈川県出身。2011年、俳優デビュー。2019年、ドラマ「初めて恋をした日に読む話」で話題に。2023年は主演舞台「巌流島」を上演、主演映画「ヴィレッジ」「春に散る」が公開。2024年11月には主演映画「正体」が、2025年には映画「国宝」の公開が控えており、さらにNHK大河ドラマ「べらぼう ～蔦重栄華乃夢噺（つたじゅうえいがのゆめばなし）～」で主演を務める。

本書は書き下ろしです。原稿枚数一九六枚（四〇〇字詰め）。

選択

2024年10月10日　第1刷発行

著　者　岩谷翔吾（THE RAMPAGE）
原　案　横浜流星
発行人　見城 徹
編集人　舘野晴彦
編集者　三宅花奈

発行所　株式会社 幻冬舎
〒151-0051 東京都渋谷区千駄ヶ谷4-9-7
電話：03(5411)6211（編集）
03(5411)6222（営業）
公式HP：https://www.gentosha.co.jp/

印刷・製本所　中央精版印刷株式会社

検印廃止

Printed in Japan
ISBN978-4-344-04282-7　C0093

この本に関するご意見・ご感想は、
下記アンケートフォームからお寄せください。
https://www.gentosha.co.jp/e/